梦边吟诗稿

诸国本　著

中医古籍出版社

图书在版编目（CIP）数据

梦边吟诗稿/诸国本著．－北京：中医古籍出版社，2014.6
ISBN 978－7－5152－0608－0

Ⅰ.①梦…　Ⅱ.①诸…　Ⅲ.①诗集－中国－当代　Ⅳ.①I227

中国版本图书馆CIP数据核字（2014）第090833号

梦边吟诗稿

诸国本　著

责任编辑　伊广谦
封面设计　映象视觉
出版发行　中医古籍出版社
社　　址　北京东直门内南小街16号（100700）
印　　刷　北京金信诺印刷有限公司
开　　本　850mm×1168mm　1/32
印　　张　8.5
字　　数　216千字
版　　次　2014年6月第1版　2014年9月第2次印刷
印　　数　5001～8000册
ISBN 978－7－5152－0608－0
定　　价　20.00元

作者近影

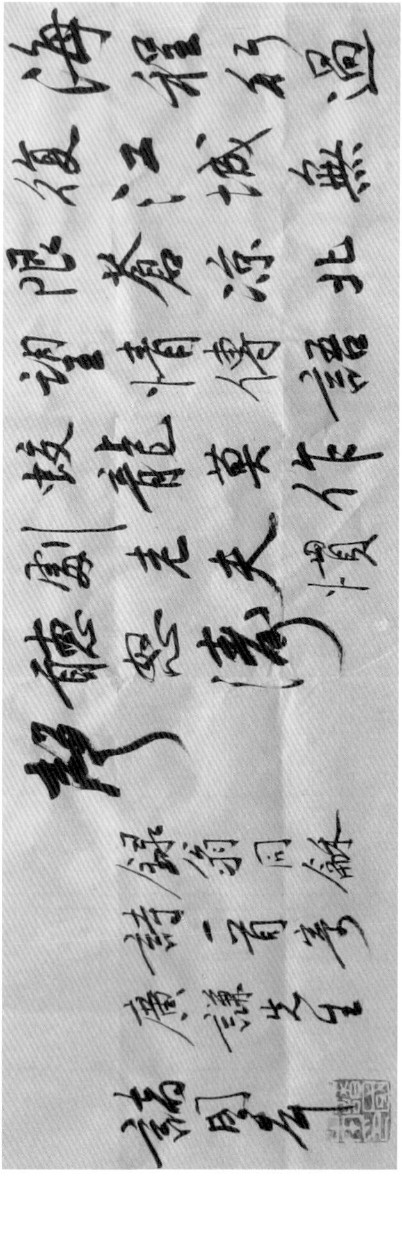

作者手迹

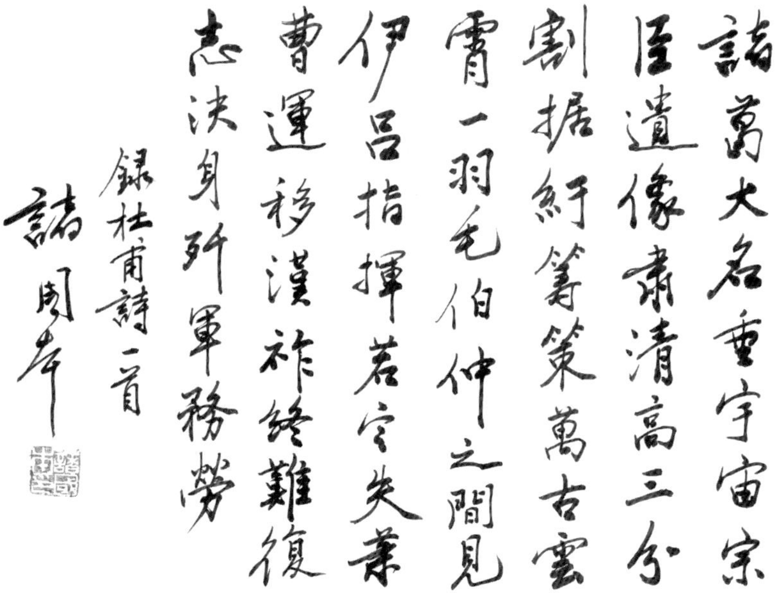
諸葛大名垂宇宙宗
臣遺像肅清高三分
割據紆籌策萬古雲
霄一羽毛伯仲之間見
伊呂指揮若定失蕭
曹運移漢祚終難復
志決身殲軍務勞
録杜甫詩一首

作者手迹

作者手迹

自　序

这本诗集有点像荒山野草。虽然也有植物群落，一年四季也开几朵不起眼的小花，但因为我不是诗人，不以写诗为业，这些诗随遇而生，随感而发，随手而记，有时一天写两三首，有时几年没有诗作。它显得散漫、零乱、无序。如果把这些诗编年发表，可以看出个人的沧桑变化和心路历程，凸显我生命中长久驻足的地方。但将稚嫩的青年习作放在前面，恐怕难以令人卒读，且由于职业的局限性导致题材的局限性，难免多用了某些名词术语，伤害了诗的本质，影响了读者共鸣。古诗分赋、比、兴，我早年的诗，太强调写真，除了当时的环境因素以外，对诗的理解也有些问题。后来读李商隐诗，有的虽然不懂，但觉得很美。于是悟出了一些道理，写了几首捕风捉影的小诗，令我的亲友和索隐者们相当费心，是值得偷偷一乐的。如今，我把这163首诗粗略地加以归类，按内容大致可以分成六个部分：正当风华少年时（青年）；高原五月草返青（采药）；岐黄功业无字碑（医林）；天涯无舟载神仙（旅途）；故乡田园已成楼（故乡）；多情应似中秋夜（抒情），这基本上可以概括我的一生，也可以概括这本诗集的全貌。

另外，这些诗的体裁比较随便。其中有一部分仿古诗，按例是要讲格律的。但因为我是无锡人，吴侬软语，南腔北调，咬字不准，学格律很难。有一位老同学劝我，“你就用无锡话写，押的韵和北京话是一样的。”并当场用无锡话朗读岳飞的《满江红》，果然不差。但写律诗和填词，除了韵脚，还有平仄问题，律诗还有对仗问题。在别人很容易做到的事，我做起来却十分吃力。于是后来一直不敢写律诗和填词。模仿了，也未敢标明入律。唯有韵脚，仍比较注意。凡押韵处，总得核查一下《诗歌新韵》或《新华字典》。这也反映了我的一个观点，格律和押韵都是一种乐感，是诗歌之美的构成部分，诗和歌词过分“大白话”，完全不讲韵味，丢掉了汉语的优点和特色，随意得过了头，是非常可惜和不应该的。对这一点，我不能全部做到，有时做得很差，一直深感遗憾。

这本诗稿，其中一部分曾发表在2008年出版的《医林朝暮》一书中。那是一本论中医和民族医的论文集，附在里面实在是不伦不类。当初之所以那么做，是因为“这些诗单独结集是没有资格的”，只能勉强说“它是医林中朝思暮想的一部分”。但后来知道还是有人喜欢，而且我又补充了一部分诗作，总算到了现在这个样子。为了便于读者理解一些诗的内容，知人论世，我把几篇有关作者生平的文章附在后面。

（2014年4月30日）

目　录

卷首语

它是春天的一片落叶，
它是黎明的一个甜梦。
它是大海的一条沉船，
它是梅花的一缕芬芳。
它是浅水的一尾活鱼，
它是窗前的一支烛光。
它是晚霞的一只归鸟，
它是母亲的一阵心痛。
它是夜半的一丝柔情，
它是玫瑰的一根刺芒。
它是荒郊的一个花环，
它是远山的一阵清风。

浪淘沙

毕业前夕

二十年磨剑，
未试刀尖，
正当风华少年时。
一心画尽天下事，
千卷万篇。

何处寄胸怀？
静夜难眠，
小桥流水池底浅。
怎比得白浪滔天，
草原无边。

（1957年3月21日，原载“复旦”校刊第60期）

忆秦娥

红旗

红旗飘，
血染朝阳春色好。
春色好，
鸟比丰羽，
人比才高。

夫子白发不服老，
犊儿初生竞风骚。
竞风骚，
千古中华，
建在今朝。

（1957 年 3 月 21 日，原载“复旦”校刊第 60 期）

*这两首词在复旦校刊上发表以后的次日晚间，教授俄语的冒效鲁先生打电话给我（当时学生宿舍外面只有一个传呼电话，离宿舍比较远，老师给学生打电话非常罕见），说：“诸国本啊，词两首我看了，意思蛮好，格律可得好好学学呀！”

心之歌

像一座活火山，
贮藏的岩浆欲迸。
像无边的汪洋，
奔腾着狂澜万顷。
啊！这就是我的胸膛，
心脏跳跃的地方。

像一颗春天的种子，
承受着煦日和风。
像一根紧张的琴弦，
经不起手指轻弄。
啊！这就是我的心脏，
歌儿飞翔的天空。

（1957 年 5 月 9 日，原载“复旦”校刊）

卜算子

春之一

水尽百日寒，
山转万年青。
春光万里扬飞蝶，
岁月正清明。
雄心共花发，
看剑夜挑灯。
忽闻农业第一线，
鼓角似雷鸣。

菩萨蛮

春之二

连夜春雪一朝消，
微风偷送花消息。
田野播种人，
相道春来早。
寄语双飞燕，
风景这边好。
江河水源清，
昆仑比天高。

鹧鸪天

三八节

又期三八妇女节，
百鸟争唱杏花春。
天下多少穆柯寨?
千村万户出桂英。
酒正酣，论古今，
个个英雄母亲生。
神州六亿建大业，
栋梁不忘草木深。

*穆柯寨也称穆家寨，出自宋代杨家将故事，传说中的穆柯寨在河南等地。据河南省焦作市修武县西村乡柿园村穆家寨生态旅游度假区介绍，穆柯寨坐落于云台山世界地质公园的云台山、青龙峡、峰林峡、净影峡四大园区的环线上，南距焦作市城区9公里，穆柯寨得名于北宋时期穆桂英挂帅出征时在此安营扎寨。

临江仙

老中医

学得华佗回生术，
远山深谷闻名。
奇方妙剂战瘟神。
风暑湿燥寒，
跋涉忘苦辛。
昔日行医自多病，
九户十室呻吟。
翻破本草泪沾襟。
今年七十八，
廉颇不服人。

（以上四首词原载青海日报，1962 年 3 月 10 日）

湟水歌

湟水奔腾闹哗哗，
方辞西宁出双峡。[①]
急流回旋浮白石，
浅滩起伏养黄沙。
清浊兼容鱼和龙，
冬残春瘦涨秋夏。
肩挑水磨串珍珠，
身分毛渠密如麻。
君不见，春回大地水先知，
河面灿烂涌冰花。
晓来村姑捣衣处，
满河星斗饮牛马。
君不见，两岸白杨筑翠屏，
肥水浇灌绿庄稼。
推沙积土成园林，
一片红花披彩霞。

披彩霞，映红花，

弦歌声中有琵琶。

谁道天公不作美，

河湟富庶闻天下。[2]

（1962年4月7日，原载青海日报）

注：

①指湟水流经西宁东部的狭口小峡和大峡。

②青海省地域辽阔，面积76万平方公里，可分六个地区，即河湟地区（海东地区）、海南地区、海北地区、柴达木盆地、玉树地区、果洛地区。河湟地区指东北部海拔三千公尺以下的农业区，向以富饶著称。

致友人

封封来书话春耕，
别后相思倍觉亲。
任劳任怨好干部，
能上能下真革命。
只为农业跃骏马，
欣然归乡作新兵。
相期秋后开镰日，
海潮推到满地金。

（1962 年 4 月 7 日，原载青海日报）

南 山

小桥断水云欲眠，
草亭临风暮色浅。
漫步远谒南山墓，
踏碎黄花作纸钱。

（1964 年秋，西宁）

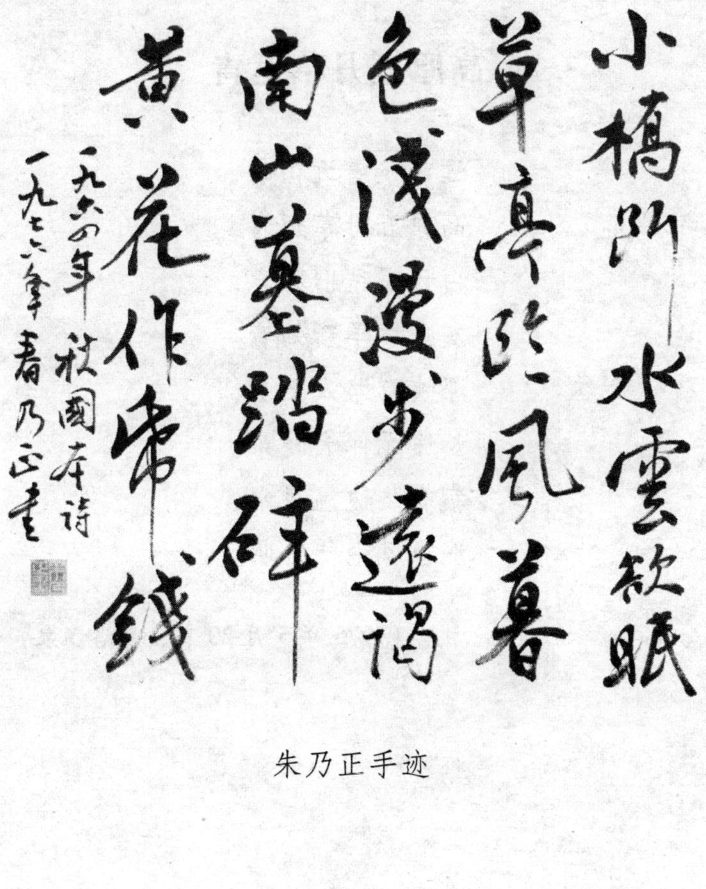

朱乃正手迹

高原五月草返青

远山飞雪近山晴，
高原五月草返青
白云黑毡旧相识，
灰兔黄羊新知音。
深峡有路人烟少，
长途无伴犬马亲。
幸有路边温泉水，
洗净风尘待月明。

（1975 年 5 月 20 日，果洛温泉）

绿绒蒿

大雨洗净万重山，
千里寻药走高原。
公路蜿蜒飘玉带，
白云缭绕笼纱幔。
身随牦牛迈健步，
心逐苍鹰越险滩。
采得黄花绿绒蒿，
三问曼巴已灯阑。

（1975 年 6 月 21 日）

* 黄花绿绒蒿，即罂粟科植物五脉绿绒蒿，常用藏药。
* 曼巴，藏语，医生。

水母雪莲

高山流石生雪莲，
谁扬飞蓬到天边。
菊花头序含紫晕。
野兔身段披灰棉。
大气稀薄心缺氧，
黄羊奔驰蹄生烟。
夕阳西下归程急，
草滩落脚水飞溅。

（1975年9月2日，祁连野牛沟）

*雪莲属菊科植物。青藏高原常用的、最有代表性的藏药雪莲学名水母状雪莲，藏语称“恰规素巴”，译成汉语为“雪兔子”。它浑身生有毛茸茸的白色纤毛，形似水母，故名水母雪莲。其实，藏名“雪兔子”非常形象，又符合它的生长环境。

秋 雪

雪上云岭云中雪，
未到中秋冷如铁。
祁连风雪初见面，
金瑶岭上草无色。

(1975 年 9 月 10 日，浩门大板山)

* 祁连山之金瑶岭，在青海境内，北邻河西走廊。

柴达木枸杞

气韵独比风摆柳，
茄花素雅紫色馨。
殷红枝头晶莹果，
大漠深处绿成荫。

（1976 年 8 月 2 日，德令哈）

回首

半生辛苦了无痕，
回首秋月故乡明。
高堂白发心已碎，
扁舟黄河水难平。
藕出污泥曾如雪，
铁入洪炉不成金。
香山红叶纷纷落，
谁向长城诉衷情。

（1977年10月14日，西宁赴北京出差）

湟川五月

春意阑珊篱畔花，
狂蜂彩蝶未还家。
欲向丁香问紫色，
湟川五月天净沙。

（1978年6月，西宁）

＊湟川，指青海湟水流域，包括湟源、湟中、大通、西宁及东部农业区。

采雪莲

稳坐老马莫加鞭，
水急林深路更险。
雹雨惊雷飞疾矢，
巉岩破云刺青天。
山草未经神农采，
野花只伴牧童眠。
攀身登高极目处，
石流坡中是雪莲。

（1978年6月23日，大通）

藏汉回民一毡房

碧水蓝天菜花黄，
藏汉回民一毡房。
日月山下倒淌河，
流入青海亦沧桑。

（1978年7月，青海湖畔）

*1978年夏，青海省卫生厅医政处处长班玛旦增（藏族）、厅办公室主任毛文祥（回族）和我（西宁市大堡子公社卫生院医生，汉族）至青海湖畔倒淌河公社甲乙大队访问藏医尼玛（藏族），夜宿同一毡房内。

草原晨风

寂寞草原晨风冷，
哈拉慵懒鸟无音。
公路平展车行急，
十里一程道班亲。

(1978 年 7 月 22 日，河卡)

*哈拉，即旱獭。

*道班，公路养护管理点及养路工值班休息处。在青海，各道班之间相距约 10 公里。

濯足扎曲河

濯足扎曲河，
急流何滔滔。
举目皆奇峰，
回首昂欠桥。
草花相耀熠，
牦牛任逍遥。
青稞正垂首，
长空鹰比高。

（1978年8月2日，昂欠）

巴塘文成公主石像

久仰公主古风采，
攀崖涉水朝山来。
昔日唐室初嫁女，
今朝汉藏甥舅碑。
唐古拉山高千重，
通天河水情万载。
几枝野花祭坛上，
心香一瓣细细开。

（1978 年 8 月 7 日，玉树巴塘）

*巴塘文成公主石像又称文成公主庙，位于青海省玉树藏族自治州首府结古镇南面 10 余公里的巴塘河的布昂丛山峡谷之中。公元 641 年，吐蕃遣使入唐求婚，唐宗室女文成公主远嫁吐蕃赞普松赞干布。相传文成公主一行从长安出发，经青海的民和、鄯州（今西宁）、赤岭（日月山）、越过大草原，过通天河（长江上游），途经结古，曾露宿在巴塘河谷布昂。唐文成公主远嫁西藏，藏族人民对汉族以甥舅相称。今拉萨大昭寺前有公元 823 年

所立的唐蕃会盟碑，“永崇甥舅之好”。故此碑又称“甥舅会盟碑”。青海藏族人民在玉树巴塘所刻的文成公主石像，也是一座甥舅友好的丰碑。

高原行车

长驱飞车摩天过，
时见翠鸟贴地飞。
谷流泉涌成江河，
秋色明丽牛羊肥。

（1978 年 8 月 18 日）

* 翠鸟，指戴胜。

采　药

荆棘撕破衣衫，
又滚浑身泥巴。
采药祁连山上，
草滩、灌丛、悬崖。

淅淅沥沥秋雨，
零零落落秋花。
穿过秋风秋水，
毡房、炊烟、奶茶。

（1978 年 9 月 8 日，祁连县野牛沟）

明知高峰远

明知高峰远，头顶雹雨行。
闪电照空谷，霹雳群山惊。
乌云似铁盖，山风奏鬼声。
忽而雨线稀，忽而冰雹紧。
杜鹃傲然立，众草未俯身。
天欲折我回，我欲令天晴。
草湿云鞋重，手举小镐轻。
峰藏迷云间，岩穴息苍鹰。
登高不达巅，从来心不瞑。
一步高一尺，不怕山无顶。
高处多龙胆，景天石上生。
灿灿金莲花，紫杯聚报春。
乌头叶儿圆，葶苈根子深。
红紫桂竹香，蚤缀满天星。
丛丛虎儿草，茵茵草家庭。
不到草身边，怎当采药人。
高原多异草，跋涉忘苦辛。
多行则多见，懒步则不明。

骤然雷霆息，豁然天色晴。
夕阳照远坡，麦浪一片金。
青稞黄熟早，土豆尚留青。
油菜鼓将爆，山穿百纳裙。
立足地之颠，极目天之滨。
山河壮且丽，心潮奔欲腾。
移步何迟迟，岁月艰而辛。
人生莫蹉跎，未来必胜今。

（1978年9月，青海大通）

*杜鹃、龙胆、景天、金莲花、紫杯报春、乌头、葶苈、红紫桂竹香、蚤缀、虎儿草，均为藏药。

久治—阿坝

一边是
水流千转归黄河，
一边是
清泉淙淙入长江。
草山相连云相接，
脚底难分青与川。

一边是
牛似浓云羊如雪，
一边是
青稞吐穗菜花黄，
一阵清风两地香，
农夫牧人一个娘。

（1979 年 7 月 1 日，四川省阿坝州和青海省久治县的两省交界处）

蒲公英

草山初绿风吹沙，
料峭春寒迎早夏。
猛见高原蒲公英，
未消冰雪已开花。

（1979 年 6 月 19 日，花石峡）

冬窝子

雨洗班玛青山湿，
嫩花含情泪不干。
狗咬汽车管闲事，
马赶牛羊过草滩。
细看畜群多羔犊，
远闻吆喝尽老汉。
路边毡房炊烟起，
牛粪烧火奶茶香。

（1979年7月7日，班玛县）

* 冬窝子，牧民冬季定居点，一般选在山凹向阳避风处。

河卡月

河卡草原一轮月，
映出高原万里秋。
俯身可辨花间草，
举头遥望星外楼。
朝行阅尽山河美，
夜宿梦添故乡愁。
不信仙兔能捣药，
飞天登月探嫦娥。

（1979 年 7 月 9 日，青海海南藏族自治州河卡）

果 洛

霞飞鸟鸣花色稠，
雨过天晴果洛州。
草原起伏映红瓦，
山溪纵横入黄河。
绿波散玉放绵羊，
青山泼墨走牦牛。
十万藏胞齐歌舞，
月上高峰如中秋。

（1979 年 7 月 8 日，青海省果洛藏族自治州成立 25 周年，大武）

春 旱

麦无春雨破土难，
树无春雨吐芽迟。
山无春雨不转绿，
河无春雨变干滩。
鸟无春雨无润喉，
人无春雨心欲枯。
盼雨盼得脖子疼，
抗旱抗得腰腿酸。
井水日浅河水断，
此地十年九春旱。

（1980年5月9日，湟源）

秋 日

花前常恨秋风早，
叶自飘零人自老。
惟有东篱傲霜菊，
曾见陶令不折腰。

（1981 年 10 月 21 日）

丽春花

风吹嫩叶清骨瘦，

朝朝相逢只低头。

云飞霞舞花开日，

一片芳心报春秋。

（1982年1月12日）

*丽春花，罂粟科观赏植物，又名虞美人。

南　岳

衡山云雾锁天台，
浓似情丝辽如海。
参天银杏常怀古，
点地杜鹃迎春开。
壮士力劈试剑石，
高僧苦修磨镜台。
可惜未登半山亭，
祝融峰上望客来。

（1982年4月23日，衡阳）

* 试剑石、磨镜台、半山亭、祝融峰，均为南岳景点。此次登南岳，因时间匆促，未登半山亭而返。

岳麓山

岳麓林木秀，
郁郁槐与枫。
朝饮潇湘雨，
夜餐洞庭风。
春笼千层碧，
秋染满山红。
屈子行吟处，
楚人自峥嵘。
登高望湘江，
弦歌听橘颂。
天下多俊杰，
毋忘白鹿洞。

（1982 年 4 月 25 日，长沙）

龙门石窟

伊水中流龙门开，
石窟林立佛西来。
山寺依岩危中静，
古道临风曲不歪。
大佛俯身赐洪福，
小佛断头遭大灾。
千秋香火绵延时，
莫忘大唐惊世才。

（1982 年 5 月 1 日）

＊龙门有一石窟中的几十尊小佛全被敲掉头部。据说是某个朝代，当地农民认为这些佛像碍了风水，导致天灾，群起而敲之。

兵马俑

秦俑列队气若虹，
面向咸阳背朝东。
兵车辘辘奔驷马，
武夫纠纠挽铁弓。
战旗飘云骊山外，
刀光出鞘舞金龙。
帝王奢靡陈胜起，
昔日排场警如钟。

（1982年5月5日，西安）

银 杏

大树迎风不摇身，
枝条翘楚覆浓云。
叶动小扇絮絮语，
冰川过后独见君。

（1982年5月6日）

*银杏在距今二百万年前的第四纪冰川摧残下，几乎灭绝，仅我国南方冰川未达之处幸存下来，被称为裸子植物的“活化石”。

重庆夜景

酒阑人静夜未深，
登高直上枇杷岭。
灯逐星月齐明灭，
山随云雾共浮沉。
俯首凡尘身若仙，
侧耳天籁心通神。
川江笑语阵阵起，
乘舟应去南天门。

（1983 年 11 月 15 日）

梁　祝

梁祝幽怨不敢听，
破窗探人倩无影。
古城空留花月痕。

此去南国三千里，
一路风尘半颗心。
红豆难解相思情。

（1983 年 12 月 7 日）

青沙山

三九严寒过大山，
一空晴碧天地宽。
坡前羊群啃衰草，
黄河浮冰大如船。

（1984 年 1 月 13 日，贵德）

平安古城

平安古城小饭馆，
风吹酒帘入云端。
座中有人夸海口，
一席可饮三斤半。
酒瓶相传口对嘴，
翻江倒海连底干。
藏民汉民相扶持，
歌声阵阵满山喧。

（1984 年 1 月 13 日，青海平安县古城）

＊古城，为一古镇，在青海省平安县境内。

泽库之夜

野狗驱寒吠天黑，

牛粪取暖映炉红。

泽库草原三九日，

雪封山川路不通。

（1984 年 1 月 16 日，黄南州泽库县）

雪　原

高原茫茫一片银，
坎坷路上雪后晴。
青沙漠漠隐巉岩，
黄河悠悠抒柔情。
藏民皮袍三尺袖，
回女盖头一片云。
此景只应青海有，
冰结凌花到清明。

（1984 年 1 月 21 日）

同德草原

骤雨敲打，
高山杜鹃，
寻常气候。
风吹云飞见晚晴，
草原如洗花更稠。
开胸吐纳，
目接广袤，
江河横流。
问苍天，
壮士安在？
跃马滩头。

（1984 年 7 月 27 日，青海同德）

昭君墓

青山如环碧空晴，
大地平展绿如澜。
葱郁兀立昭君墓，
常教须眉去复还。

（1984年9月3日，呼和浩特）

赠林伟

时穷名节重，
竹瘦筋骨硬。
今日回草原，
当年一骑兵。

（1984 年 9 月 6 日，呼和浩特）

* 林伟（1922～2003），江苏省丹阳县人。1938 年参加抗日战争，在军队中历任医务员、医生及多个军医要职。新中国成立后任杭州市卫生局副局长、北京卫生干部进修学院保健组织学教研室副主任、人民卫生出版社社长、卫生部中医司副司长。

种草种树

未经沧海不识水，
踏遍高原更爱山。
多情何啻怜芳草，
一片苦心呼春还。

（1984年10月23日，西宁）

善卷洞

雾溉林山养茶天，

黄草虚掩善卷洞。

若无秦难驱逃民，

何须桃源寄行踪。

（1984 年 11 月 13 日，宜兴）

莫愁湖

我寻莫愁天正凉，
冰封荷船水不漾。
回首只有孤影在，
斜阳挂在树梢上。

（1984年12月26日，南京）

科伦坡，梦幻的世界

——献给永远美丽的斯里兰卡

你是一个熟睡在母亲怀里的婴儿，
宁静的大海铺垫在你的身边。
这里没有冰雪，没有秋天，
只有夏雨灌溉永恒的春天。

啊，科伦坡，梦幻的世界。
你是一曲流畅的歌，
高扬的椰子树吹奏海风的旋律，
飘拂的莎丽裙半掩着姑娘的笑脸。
你是一幅抒情的画，
小溪和稻田环绕古朴的农舍，
兰花的芳馨溢出无边的画面。
你是一首凝炼的诗，
香蕉是你的逗号，
菠萝是你的句点，
爱情里挂满水果般的香甜。

啊，科伦坡，梦幻的世界。
印度洋的水波明亮而又柔软，
碧蓝的天穹燃烧着炽热的青烟，
点点白帆与海鸥一起远航，
绿色的园林与喧闹的街市溶成一片。

你是洁白的沙滩上细雨迷蒙的蜃楼，
你是佛陀心中仰天迎送的彩莲。
你是色彩斑斓中一个纯净透明的世界，
你是纯净透明的世界里色彩斑斓的人间。

（1985年1月，斯里兰卡首都科伦坡）

访曼谷传统医学院并赠欧威教授

一语未尽心已通，
医道坎坷惊世同。
千年宝库叹珠遗，
几代志士哭途穷。
狂澜独挽公作鼎，
传统相继谁竞雄？
回首中医正逢时，
难忘暹罗一老翁。

（1985 年 2 月 15 日，曼谷）

曼谷春节

嘤鸣友声入泰京，
新正相聚两家亲。
红绸悬书祈佳愿，
绿叶藏果动归心。
人面细看岭南女，
语言粗通潮州音。
寻踪泰医论今古，
重翻杨柳失瑶琴。

（1985年2月20日）

月明远山忆青松

——悼堪仓曼巴

鸣呼！
悼名医之艰辛，
悲死后之殊荣。
为当事之警策，
激后继之奋踪。
望旷古之明月，
照远山之青松。
引河源之清泉，
酿甘露于无穷。
寻苦薏于未英，
叹哀思之谁送！
寄草原之春风，
慰前驱于九重。

（1985 年 3 月 31 日，西宁）

* 堪仓，青海省果洛州班玛县老藏医。

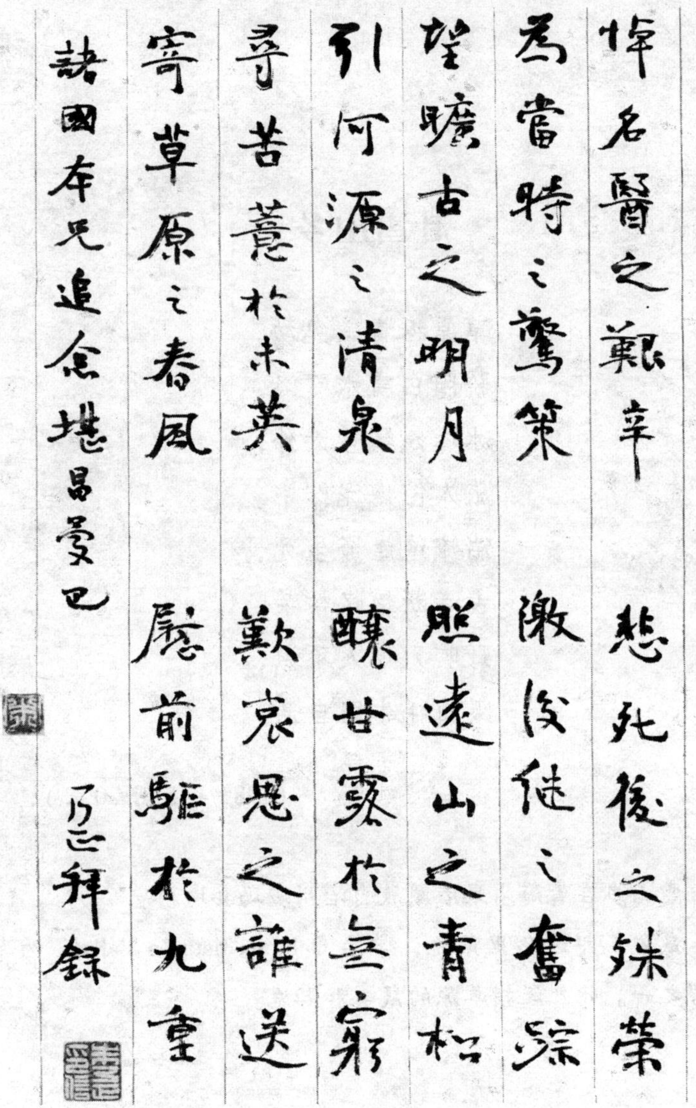
嗚呼
悴名醫之艱辛 悲死後之殊榮
為當時之驚策 激後徒之奮蹤
望曠古之明月 照遠山之青松
引河源之清泉 釀甘露於無窮
尋苦薏於未萁 歎哀愚之誰送
寄草原之春風 歷前驅於九重
諸國本兄追念堪昌曼巴
乃正拜録

朱乃正手迹

赴雪山乡

草原返青鼠兔动，
骄阳白雪水叮咚。
冰峰巍峨蓝天外，
旅人倥偬泥泞中。
湍流绝崖逢生死，
古寺断垣忆枯荣。
野旷无烟人不识，
跟随牦牛路自通。

（1985年5月20日）

＊雪山乡在青海省果洛藏族自治州班玛县境内。

＊鼠兔，即达乌里鼠兔，学名 Ochtona daurica Pallas. 为草原鼠害之一。此处泛指草原的鼠类和野兔。

玛柯河边

月光如水，
水声似银，
悄然岸边流连。
长袖起舞，
藏歌惊梦，
此情难忘缠绵。
细柳呈绿，
小桃暗红，
山外古寺轻烟。
君意也苦，
吾心也苦，
春风不留少年。

（1985年5月20日）

* 玛柯河是大渡河河源之一，在青海省班玛县境内。

阿尼玛卿惊雷

乌云压大山，
闪电裂长天。
惊雷霹雳处，
雹雨打雪莲。

（1985 年 7 月 29 日）

＊阿尼玛卿山，又名积石山，在青海省境内，青海俗称玛积雪山，主峰玛卿岗日海拔 6282 米。

青稞曲

高原万里碧空晴，
青稞长在浅山边。
油菜土豆常作伴，
黄绿满山野。

草滩毡房炊烟起，
手抓羊肉味道鲜。
青稞炒面酥油茶，
香飘天地间。

青稞美酒醇又甜，
手捧哈达心相连。
河岸林卡杜鹃红，
举杯在花前。

夕阳西下彩霞飞，
藏歌一曲情无限。
篝火照亮锅庄舞，

青稞庆丰年。

（1985 年 8 月 1 日）

*青稞（hulessbarley）是禾本科大麦属的一种禾谷类作物，是藏族人民的主要粮食，产于西藏、青海、四川、云南等地。浅山地区是青稞、油菜、土豆（马铃薯）、豌豆等高原农作物的主要产区。

*林卡，藏语，小块林地。

*锅庄舞：锅庄，藏语，一种藏族集体舞。

惜别三首

一

九州风云上昆仑，
日月星辰共浮沉。
遍地杨柳君莫折，
山河长忆换妆人。

二

生于水乡不识水，
踏遍高原更爱山。
碌碌此生应谁许，
振兴中医酬人寰。

三

三十年来甘与苦，
一曲清歌几回谱。
依稀柳色重惜别，

江河春水浓于乳。

(1987年3月7日，从京返青办理调离手续后，在西宁火车站告别送行诸友。)

*黄河、长江、澜沧江均发源于青海，故青海又名“三江源”(有时仅指源头地区)或江河源。

坎皮纳斯之夜

半夜，
我推开窗子，
看异乡的月。
那澄黄的，
高悬天边的月，
被淡淡的云丝缠绕。
那么孤独，
那么凄惶。
你是否也在寻找，
远方的思念。
尽管我刚刚离开，
流血的祖国。
但怎能忘记，
牵挂我的
山和水，
爱和恋。

啊，异乡的月，

你是一面古老的镜子。
你是否已经
看透了我的心，
像你一样孤寂。
周围的田野和森林，
已被黑暗吞没。
陪伴你的
只有远处的星光点点。
那是安静了的都市，
挂着失眠的街灯。
它闪烁着疲惫的火花，
好象情人痴迷的眼。
我任凭春水般的夜色，
抚摸我的思念。
分不清
露和风，
苦和甜。

（1989 年 6 月 23 日，巴西）

* 坎皮纳斯，巴西圣保罗附近的一个城市。

思　乡

少年温馨南柯梦，
暑初相思泪成冰。
江河万里屈子情。

曾临春寒消雪后，
故园红梅独娉婷。
夜半清风对月明。

（1989 年 6 月）

浣溪沙

中医

古道西风四十年，
兴衰存亡不由天。
百姓求医如求仙。

曾有慧眼识宝库，
未舍舟楫渡无边。
万千锦方入素笺。

（1989年10月23日）

送别

相见何晚，
相知何深，
相别何难。
多情梦里，
曾见京华百花残。
二月苦短，
三月苦长，
春雪化雨夜犹寒。
碧桃初红，
柳色依稀，
千里草色遥看。
任君去，
莫回首，
别了故乡江山。
他年归来，
苍生白发，
心已枯，
泪未干。

（1990年3月8日）

赠月犁同志

一

跃马平津气如虹，
书生倜傥心犹壮。
艰辛不减英雄志，
总为百姓寻医忙。

（1990年10月）

二

天道人意应属公，
惊世超俗自从容。
曾将豪情贯静气，
清风明月石上松。

（1991年5月30日）

*崔月犁（1920－1998），河北深县人。1937年6月参加革命。1943年1月到中共中央分局城市工作委员会工作，同年派往北平、天津地区从事地下工作，为北平和平解放作出了重要贡献。1949年1月起，长期在北京市任领导工作，1982年4月，任卫生部部长。

秋

丛菊发幽香，

枫叶一片丹。

心逐江流去，

夜夜思君还。

（1991 年 10 月 29 日）

琴

前世本为木，
今世斫为琴。
遗音出泰古，
青烟入幽林。
昆仑仰天吁，
江河俯地吟。
风雅久不作，
直道见人心。

（1991 年 10 月 29 日）

赵绍琴先生从医六十周年

未忘平身名门后，
常举沉疴轻清中。
冬伤于寒寻常事，
京城求医问赵公。

（1994 年 11 月）

* 赵绍琴（1918～2001），祖籍浙江绍兴，世居北京，北京中医学院教授，清代御医之后，擅长治疗温病。

夜　航

舷舱外没有月亮，
也不见星星。
飞机在太平洋上航行。
穿越风，
穿越黑暗。
像一只孤雁，
一个飘缈的踪影。
心中的寂寥，
犹如茫然失落的灵魂，
已经掉进海底。
在夜空中，
无法寻找！
回家吧，
还是回去。
它可能，
丢在家里。

（1994 年 11 月 29 日，从旧金山返国途中）

乱　丝

夕阳斜倚青山外，
乱丝欲理不语中。
曾向梅花问春意，
远隔云霞千万重。

（1995 年 12 月 26 日）

访澳记事

万里凌空看大洋，
交流医术论短长。
澳洲春色蓝花树，
华陀心意麻沸汤。
达林港里渡夜船，
黄金海岸沐日光。
今朝一别袋鼠角，
晚霞满天到香港。

（1996 年 10 月）

* 达林港，黄金海岸，袋鼠角，均为澳大利亚地名。

忆南风

身许柳荫春犹去，
漫卷诗书误青灯。
相思最怕年关近，
冷彻北风忆南风。

（1996 年 12 月 7 日，北京）

怀念吕季儒先生

先生乘鹤去，
秋凉迟不归。
黄菊香依然，
丹枫红成海。
江河曾截流，
日月更增辉。
人人康而福，
常盼故人来。

（1997年11月21日）

＊吕季儒（1943～1995），台湾人，1988年到大陆推行“吕教授刮痧法”，对民间刮痧的继承、创新和普及，起了极大的推动作用。

林芝之歌

这是一片富饶美丽的土地。
随便在地上插一根筷子，
都可以长成参天的大树。
随便在山边喝一口清泉，
都可以把你醉成神仙。
你看那满坡的青岗树，
硬得像英雄的脊梁骨。
你看那遍地的杜鹃花，
开得像少女的笑脸。

这是一片神奇梦幻的土地。
原始森林聚集成古老的群落，
鲜嫩的枝叶散发出晶莹的水汽。
走一步路，脚下踩坏了三棵药草；
一声呻吟，唤来了乡间的藏医。
白云是南迦巴瓦峰的面纱，
千年巨柏是尼洋河畔的旌旗。
巴松湖酿出天池的琼浆，
喇嘛寺的酥油灯诉说历史的疮痍。

这是一片庄严圣洁的土地。
雅鲁藏布江好比金色的腰带，
垂直分布的植被织成飘动的彩衣。
米拉山的风雪留下了茶马古道的脚印，
大峡谷的浓雾隐藏着佛祖的玄机。
庄严无法用颜色来描绘，
秀美只能用乐章来谱记。
寂静中只听见繁花开放的喧闹，
喧闹中只听见月光洒落的秘密。

啊，林芝，
西藏的骄傲，
祖国的明珠。
你是恋人不醒的梦，
你是生命初孕的谜。
你是哈达无垢的情，
你是仙人摆下的棋。

（2000 年 7 月 20 日）

＊明·范凤翼（1575～1655）“三瑞园”诗云：“种得名花曾并蒂，插得枯竹也成竿。”

向董老告别

一代名医董建华教授于一月二十六日逝世，二月五日作最后告别。奉康乃馨一枝放在遗体之上，不胜哀悼。不计平仄，心吟如此，以志永远。

一

寒尽未立春，
先生鹤驾云。
医道茫茫处，
无人不识君。

二

仰望高山识平易，
起死回生灵亦奇。
京华今日雪后雪，
鲜花缁衣哭名医。

（2001 年 2 月 5 日）

忆董建华先生

终生南腔无北调，
杏林深处一耆老。
健身常恨养生迟，
学医力主临床早。
妙手曾起太子厥，
灵丹欲断奈何桥。
淡泊犹如青浦水，
一叶扁舟雨潇潇。

（2001 年 2 月 26 日）

＊董建华（1918～2001），上海市青浦县人，中国工程院院士，北京中医学院教授，全国著名中医。

题《中国瑶医学》

岭南无山不有瑶，
瑶民医药路边草。
今日梳理成篇章，
医林如海自有桥。

（2001 年 9 月）

* 《中国瑶医学》，覃迅云、罗金裕、高志刚主编。

题《侗族医药探秘》

山径崎岖入侗乡，

寻根古医源流长。

四十功名探秘后，

一草一木皆文章。

（2001年10月6日）

* 《侗族医药探秘》，萧成纹编著。

赠武汉中医界老朋友

大医正逢夕阳红，
喜看长江水流东。
春折杨柳思扁鹊，
冬赏梅花祭神农。
小事含糊茶可醉，
大势洞明耳未聋。
长寿应是天行健，
逍遥自成百年松。

（2002年2月1日）

漂流清江

山泉滋润清江水，
水静得像一面镜子。
镜子上铺着绿色的绸缎，
绸缎上流淌清江的妩媚。

山泉倾注清江水，
每逢跌宕起波澜。
旋涡是清江的回眸，
浪花是清江的笑靥，
闯滩是清江的豪情，
温柔的水声是清江的语言。

白鹭贴着水面飞过，
山丹花站在悬崖俯瞰人间。
婆娑的树影摇曳着历史的神韵，
险峻的山崖印刻着沧海桑田。

山歌在水流中回荡，

爱情在花丛里蔓延。
古道上不见纤夫的踪影，
只留下两岸青山映照蓝天。

（2002 年 8 月 19 日，恩施）

王绵之老师从医六十五周年

钢到至坚似绵之，
烟将燃指亦泰然。
医占高岭药占神，
岐黄庭院尽芝兰。

（2002 年 12 月）

* 王绵之（1923 ~2009），江苏南通人，北京中医药大学教授，国医大师。

心之仪

——记一个老字号药店的徽标

它是百年老店的一枚胸章，
它是祖父心头的一滴汗水。
它是一个蜷曲在母亲腹中的胎儿，
它是一朵雨后开放的玫瑰。
它是一潭旋转不息的涡流，
它是一幅变幻无穷的太极。
它是一团悬挂在蓝天的绣球，
它是一张东方美人的笑脸。
它是一个布满神话的明皓的星斗，
它是烟尘飞扬的车轮滚滚向前。
它属于黎明的期盼，
它属于黄昏的等待。
它是健康和圆满的标志，
它熔铸了过去和未来。

（2002 年 12 月 30 日，昆明）

纪念章次公先生诞辰100周年

风雨神州朝岐黄，
杏花春尽任西东。
欲求融合卓然立，
百年回味章次公。

(2003年4月)

*章次公（1903～1959）江苏镇江人，早年攻读于上海中医专门学校，毕业后在上海从事诊疗及教学工作，先后任上海中医专门学校、中国医学院、国医学院等教职，并为上海中国医学院及国医学院创办人之一，1955年任中央卫生部顾问。他博览群书，学贯中西，提出“发皇古义，融会新知”的治学理念，为近代杰出的中医教育家、临床学家。

母 校

弦歌已远五十载，
常忆惠泉园中梅。
入学无米厌乱世，
毕业有梦寄朝晖。
江南才情昆仑草，
岐黄功业无字碑。
运河幸绕羊腰湾，
留得缱绻似春水。

（2003 年 4 月 18 日）

* 母校，无锡中学，解放后改为无锡市第三中学。

致叶欣

昔日见面只记得你淡淡的一笑，
谁知道今日的告别竟如此庄严。
有人想量化一个护士付出的温暖，
好比用尺子去衡量患者对生命的眷恋。

二沙岛流着热泪紧靠在珠江身边，
急诊科的灯光照亮你恬静的脸。
我仿佛听到洁白的身影踏着匆匆来去的脚步，
鲜花丛中你穿着护士服返回人间。

当病人需要抢救而又充满传染的危险，
为了保护战友你一次又一次冲在前面。
你终于失去肺脏失去呼吸失去发短信的气力，
只见四十七岁的风华化作彩虹映照天边。

忘不了这南国的春色花一般的世界，

民族的呐喊居然是大医精诚和希波克拉底的誓言。

艺术家用汉白玉雕塑了时代的英雄，

正是你们驱散了瘟神带来的硝烟。

（2003 年 5 月）

*叶欣（1956～2003），1976 年毕业于广东省中医院卫训队，1983 年任广东省中医院急诊科护士长。2003 年因救治非典病人殉职。

春晚吟诵

潭柘寺的玉兰开得像一只只飞翔的白鸽，
昆明湖的坚冰化作涌动的春潮浮起了古老的石船。
仰望蓝天看神州飞船遨游太空从天外归来，
俯瞰今宵满堂花灯轻歌曼舞笑语声喧。
新年伊始新春来临这万象更新的时刻呀，
新的希望新的期盼像刚刚播下的种子等待萌发。
我们不敢忘记批斗师长蹂躏知识的年代，
也没有忘记把三年饥荒推诿给“自然灾害”。
如今解放思想拨乱反正改革开放带来和谐与宽松，
我们珍惜这近百年来少有的太平世界。
奉劝奶奶和爷爷别把儿孙们宠得过分，
中国的强大更需要勤劳智慧和无私无畏。

（2004 年春节，北京）

致刘翔

你是一阵风，
一阵早春二月，轻盈地拂过原野的清新纯净的风。
你是一头鹿，
一头机灵矫健，活泼跳跃，一口气越过十座山峰的小鹿。
你是一个婴儿，
一个刚刚睁开眼睛，带着血迹，大喊大叫，呼唤未来的新生儿。
你是一支箭，
一支拉开强弓，呼啸而出，百步穿杨，见血封喉，直中靶心的利箭。
你是一道闪电，
一道划破长空，抛出惊雷，照亮东方，震撼心灵的电光。
你是一幅画，
一幅百十高栏，超人飞越，亿万中国人站在奥林匹克领奖台上的彩色画面。

（2004 年奥运会时）

老　师

我们在知识饥饿的时候仰望你，我的老师。
我们在生活迷茫的时候想念你，我的老师。
我们在荣誉的花环中看见你，我的老师。
我们在希望的星光中呼唤你，我的老师。

（2004 年 9 月 9 日，北京）

西望昆仑天路遥

——悼措如次朗大师

秋风萧瑟兮，仙乐飘渺。
西望昆仑兮，天路遥遥。
满山秋叶兮，杜鹃无声。
我送大师兮，心事浩淼。
智慧敦厚兮，凡不染尘。
满腹经纶兮，肝胆照人。
山崩于前兮，不惊不绥。
冠盖峥嵘兮，茶淡泉清。
医典详解兮，贤者莞尔。
丹珠放光兮，大气氤氲。
双目失明兮，宁静致远。
两手合十兮，万事凝神。
雪山昂首兮，地球之巅。
医道纯青兮，五明渡人。
大师远行兮，青鸟引途。

我有疑难兮，今可谁问？

极乐世界兮，七重行树。

池中莲花兮，大如车轮。

微风吹动兮，微妙香洁。

斯人功德兮，如是我闻。

（2004 年 10 月 19 日）

＊措如次朗（1928～2004），西藏江达县人，当代著名藏医学者，著有《“四部医典”大详解》、《声明学论著注疏》；为中国藏语学高级佛学院编写了《宁玛派史略》、《噶举派史略》等教材。曾任中国民族医药学会副会长，西藏藏医学院院长。

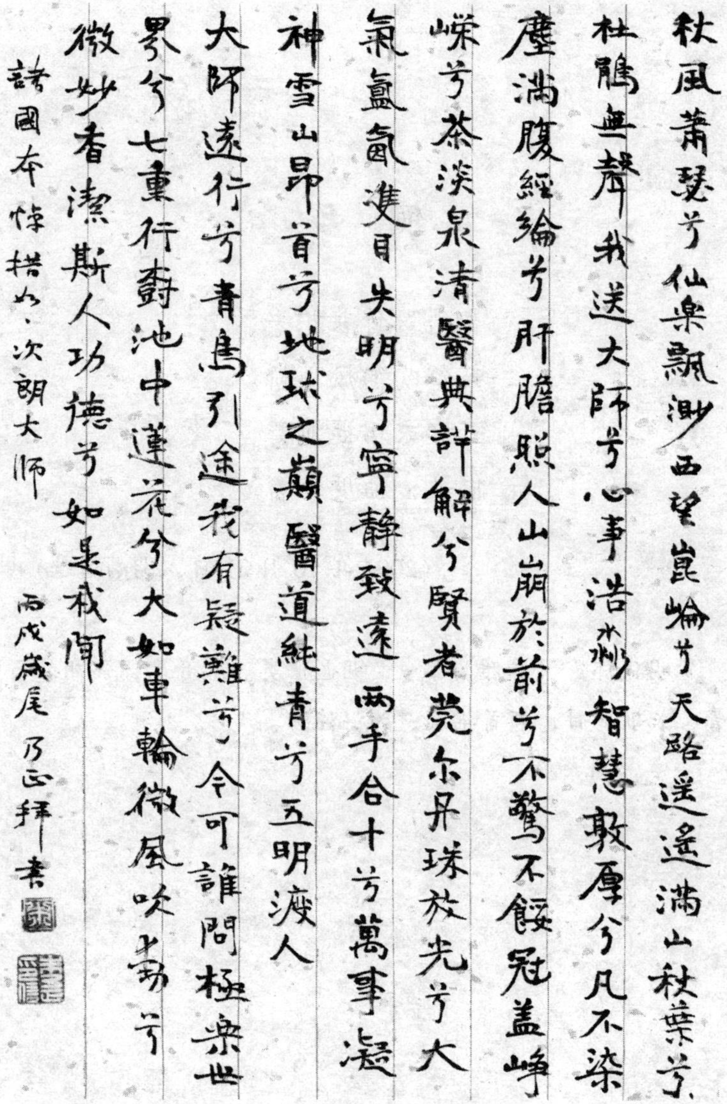

秋風蕭瑟兮仙樂飄渺西望崑崙兮天路遥遥滿山秋葉兮杜鵑無聲我送大師兮心事浩渺智慧敦厚兮凡不染塵滿腹經綸兮肝膽照人山崩於前兮不驚不餒冠蓋峥嵘兮茶淡泉清醫典詳解兮賢者莞尔丹珠放光兮大氣氤氳雙目失明兮寧靜致遠兩手合十兮萬事凝神雪山昂首兮地球之巔醫道純青兮五明渡人大師遠行兮青鳥引途我有疑難兮今可誰問極樂世界兮七重行樹池中蓮花兮大如車輪微風吹動兮微妙香潔斯人功德兮如是我聞

請國布措如、次朗大师

丙戌歲尾乃正拜書

朱乃正手迹

侗乡

青山翠竹蓼花老，
芦笙吹彻风雨桥。
五彩衣裙混沌舞，
侗歌一曲度今宵。

（2004年10月21日，湖南通道）

＊明代邝露《赤雅》载：“峒也獠类。善音乐，弹胡琴，吹六管，长歌闭目，顿首摇足，为混沌舞。”

避暑山庄

皇家园林鹿徘徊，
淡天烟云旧楼台。
忍看残荷添秋意，
喜捧热泉浴春怀。
燕山无泪声声苦，
清史带血字字哀。
八旗子弟学射兔，
康乾盛世不再来。

（2004 年 10 月，承德）

故乡在梦里

我开始走向新的旅程，
迎着光温稀薄的斜阳。
我回到江南故里竹林掩映的小村，
寻找童年时代小河流淌的故乡。

那阡陌纵横象镜面一样平整的水田哪儿去啦?
那飘着浮萍的池塘和牛拉水车的凉棚哪儿去啦?
那大片的桑田青翠的桑叶和乌黑的桑椹哪儿去啦?
那墙根下挂满露珠的紫蝴蝶和娇媚多姿的野蔷薇哪儿去啦?

没有了庭院里用蓓蕾报春的腊梅，
没有了夏天的夜晚萤火虫的闪光和纺织娘的歌唱。
没有了秋风里沉甸甸的谷穗低头微笑，
没有了融雪天的屋檐下蒸做年糕的甜香。

再也听不到老鼠做亲吱吱唧唧的除夕之夜，

再也听不到花猫发情时房顶上骚动的声响。
我真想尝一口鼓着肚子淌着蜜汁的水蜜桃，
我真想采一朵绿白的玉兰伴着枇杷的深黄。

鳞次栉比高低错落的村庄已经消失，
乡亲们交出农田带着依恋离开庄稼进了街坊。
拣几块古老的尸骨放进豪华的公墓，
把祖先的牌位淳厚的民风与老屋的瓦砾一起埋葬！

啊，故乡啊故乡，
我亲爱的故乡你在哪里？
我心里知道我已经无需寻找，
我的故乡永远留在我的梦里。

梦里咀嚼着故乡细软的大米，
梦里淌过了古运河清澈的涟漪。
梦里喝一口明月映照的泉水，
梦里听见盲艺人的二胡幽幽的叹息。

岁月凋零了古树的落叶月色如此苍茫，

人间彩云飞舞人气如沸车流如潮新楼轩昂。

我醒来似乎听到了母亲轻轻的呼唤，

唤来一个游子对暮春三月江南草长燕子呢喃群莺乱飞的遗忘。

(2004年10月6日，原载解放日报2005年3月15日)

*2006年太湖“水危机”，使无锡意识到必须改变发展方式，大规模调整产业结构。(光明日报，2009年8月21日)

致鄢良

——中研国际医药公司成立20周年纪念

中研跋涉二十年，
商海浮沉浪滔天。
古树开花缘根深，
新人创业怨水浅。
教授不识神农草，
大夫已荒仲景田。
此路修远堪回味，
前程应在锦绣间。

（2004年12月26日）

*鄢良（1962－　），湖北黄梅人。1984年毕业于湖北中医学院，1990年中国中医研究院博士生毕业，曾任中国中医研究院科技合作中心主任兼中研国际医药公司总经理。

致老同事们

我们一起领受任务一起商量工作，
一起年终检查年终总结年终评比。
我们合作争吵嫉妒谅解，
分享荣誉成就责难批评。
从后海边上醇亲王府卫生部大院里搬出来，
在黄寺西面租赁的小楼上喷着烟雾愁脸相对。
在东兴路车棚似的会议室里对外宾宣扬成绩然后找不到像样的厕所，
到白家庄东里新的办公楼下无底层上失阳光南边高楼挡住一湖柳色半边楼台。
我们忙于医疗教学科研搭起架子铺开摊子甩开膀子，
我们忙于县县建中医院搞农村中医工作试点县满足人民问药求医。
我们忙于继承传统突出特色发挥优势大声呼喊“中医不能丢”，
我们忙于中西并重医药结合坚持中医药管理的自主规律。
我们忙于医疗改革占领市场份额生怕跟不上大卫生

前进的步伐，
我们忙于追逐现代求助西学规范自我接轨国际在世界大潮中老是打问别人寻找自己。
几十年来外争权益内修学术人困马乏青丝成霜，
如今伫立窗前日出东方看新人如潮新楼如林新书成山新车成龙。
中医药灯焰相续青黄相接灵素相习兰台相通谱写新的篇章，
忘了劳苦忘了创伤没有失落没有遗憾只留下一路脚印两袖清风五洲高朋豪情满怀。

（2005 年 1 月 15 日）

* 致国家中医药管理局的老同事们。

幽　会

灯光暗淡。
我看见你，
灯光下暗淡的心情。

冰河东去。
没有爱情，
哪来萌动的春天？

蔷薇开了，
蹑着脚步
相约在东篱后面。

月亮升起，
花影摇曳，
细语里飘逸芬芳。

（2005 年 1 月 21 日）

偶　成

世事纷繁自荒唐，
陆离光怪鱼成龙。
眼前盆景朵朵假，
身后纸钱片片空。
会场迷盹嫌梦短，
饭局喧闹怨味浓。
纵横议论中西学，
天圆地方一线通。

（2005年2月）

大事歌

民族传统医，
本来是大事。
大事久不作，
长期当小事。
小事似无事，
有事必大事。
待到大事出，
后悔已出事。
大事宜大作，
政策非小事。
政策开了路，
学术真大事。
惟有真本事，
方可成大事。

（2005 年 3 月 8 日）

贵　州

山奇水秀路趋平，
雨蕴露浓随风清。
芦笙轻拂苗家舞，
彩袖摇曳百花裙。

（2005 年 4 月 11 日，贵阳）

观崔月犁、徐书麟书画展

红梅不弃虬枝老，
气贯六脉入丹青。
少年春光催月犁，
秋花临窗作书邻。

（2005 年 4 月 23 日）

*《帝王世纪·伏羲氏》篇："所以六气、六脉、五行、阴阳、四时、水火升降，得以有象。百病之理，得以有类。"

恋爱史

我们在热恋中分手，
我们在分手中重逢。
我们在重逢中欢笑，
我们在欢笑中悲恸。
我们在悲恸中沉默，
我们在沉默中凋亡。
我们在凋亡中苏醒，
我们在苏醒中彷徨。

（2005年4月28日）

崂山夜雨

夜宿崂山中，
喜逢旱后雨。
湿透林中鸟，
救活干沟鱼。

（2005 年 5 月 16 日，青岛）

陈　词

陈词充塞主席台，
阿谀奉承伴酒菜。
江清渚白候鸟死，
月明星稀雾难开。
高层声声唱和谐，
农工辛辛不发财。
待到风正气清时，
横扫浓艳驱雾霾。

（2005 年 5 月 20 日）

返 校

物移人非青草黄，
小桥流水亦倥偬。
山雨曾遣花零落，
秋风还献果殷红。
高处立身思望道，
低调行事谢黄钟。
旦复旦兮光华在，
碧血化作泪朦胧。

（2005年9月22日，上海。原载“复旦”校刊）

* 返校，返复旦大学。
* 思望道，想念校长陈望道。
* 谢黄钟，感谢系主任王中。上海话王、黄不分。

五指山寻黎医药

云掩五指不见峰，
观景台下雨林浓。
脚底栈道缘水走，
身后落叶因秋红。
百尺长藤缠老树，
千丈巨石锁蛟龙。
过桥即是黎家寨，
草药香处医道通。

（2005 年 11 月 29 日，五指山下水满乡）

永别施奠邦师

夜叩琴弦弦无声，
星殒西苑君独行。
博学成医黄卷老，
高才济世兰台青。
善赴急难称稳健，
未守清闲总殷勤。
鲜花相伴何处去，
崇明波涌赤子心。

（2005 年 12 月 9 日）

*施奠邦（1924～2005），上海市崇明人，著名中医，曾任中国中医研究院院长。

灯谜戏赠朱良春师

（打一人名）

苦难人生撇未成，
媚娘失女泪犹痕。
愁病北寻南通路，
一枝红杏出程门。

（2006 年 1 月 3 日）

*朱良春（1917～），江苏南通人，全国著名中医，国医大师。

改刘长卿诗寄友人

久闻冷冷七弦上，
良医静听松风寒。
岐黄古调虽自爱，
可怜今人多不弹。

（2006 年 1 月）

附：唐·刘长卿诗

听弹琴

冷冷七弦上，
静听松风寒。
古调虽自爱，
今人多不弹。

纪念刘渡舟

人怕伤寒树怕秋，
仲景梦里病家愁。
翻遍经方无觅处，
喜逢名医刘渡舟。

（2005 年 7 月）

* 刘渡舟（1917～2001），北京中医学院著名教授，执教张仲景《伤寒论》。

题保定市守真中医院

五志过极皆为热，
六气都从火化来。
百姓香烟终成庙，
大医通玄金石开。

（2006 年 8 月 10 日，保定）

中秋夜

多情应似中秋夜。
十分明月，
九分相思，
一分团圆。
惊梦总在未醒时，
心扉只向夜半开。

（2006 年 10 月 6 日，北京）

无　缘

披星戴月各西东，
天上地下俱匆匆。
唐山细瓷羊脂白，
邕江名花木棉红。
急风吹衣海上醉，
微雨沁心灯下忙。
邂逅小康何处愁，
织女无缘见牛郎。

（2006年11月24日）

贺景福同志八十寿辰

一

血雨腥风苦中生，
祁连冰雪玉汝成。
难得良医任良相，
翩翩儒雅一青峰。

二

茫茫高原恨未逢，
壕堑共扶师兼兄。
二十年间人和事，
酿得情意比酒浓。

三

平生劳作勤耕田，
暮年风景入歌弦。
福分总因宽厚大，
登临寿山可薄天。

（2007年2月12日）

*田景福（1928~2011），辽宁义县人。1948年参军，入中国医科大学学习，因抗美援朝提前毕业，1954年入中央卫生部工作。1958年下放至青海，曾至海北，西宁等地工作。1979年调回北京，曾任卫生部中医司司长，国家中医药管理局副局长。

辞 旧

花开花落寻常事，
岁去岁来一杯茶。
爆竹高腾纷纷落，
人生何似茶与花。

（2007年2月17日除夕夜）

北航荷塘

一湖浅水荷成林，
风吹浓叶见腰身。
红粉点点碧云上，
沁心凉意是清芬。

（2007 年 7 月）

高原祝福

我在大昭寺金顶的佛光下为你祝福，
抱着一颗像高原蓝天一样明净的心。
让翱翔的雄鹰带去无穷的思念，
把洁白的哈达挂在你的胸前。

（2007 年 9 月 14 日，拉萨）

加德满都之晨

晨曦映窗棂，
野猴来探门。
北望珠峰远，
南问菩提生。
野菊飒爽时，
官桂欲凋零。
巍巍大佛塔，
人流乃转经。

（2007 年 9 月 15 日，尼泊尔）

干了这杯青稞酒

（青海祝酒歌）

来吧，亲爱的朋友，
干了这杯青稞酒。
这酒是高原的灵泉，
这酒是雪山的暖流。
为了母亲的期盼，
为了岁月的春秋，
干了这杯青稞酒。

来吧，亲爱的朋友，
干了这杯青稞酒。
这酒是日月的精华，、
这酒是江河的丰收。
为了衷心的祝福，
为了永远的追求，
干了这杯青稞酒。

来吧，亲爱的朋友，
干了这杯青稞酒。
这酒是瑶池的琼浆，
这酒是昆仑的问候。
为了今天的相聚，
为了短暂的分手，
干了这杯青稞酒。

（2008年8月，西宁）

博　鳌

头顶博鳌一片天，
北雁南飞路八千。
椰林高扬风雨曲，
游客低吟山河篇。
海角有帆传渔汛，
天涯无舟载神仙。
水城四方连苍溟，
水到远处化云烟。

（2009 年 11 月，海口）

梧　州

舜迹苍梧渺可寻，
岭南骑楼一古城。
曾战洪峰拜龙母，
已筑高岸舞狮灯。
五彩宝石天工绝，
百味灵膏龟苓生。
鸳鸯江水东流去，
壮歌苗舞入新声。

（2009 年 11 月）

＊梧州，古苍梧之地，岭南重镇。我国人工宝石生产基地和龟苓膏主产地。

雪压山门

满庭落木无人扫，
雪压山门僧起迟。
东楼晨钟敲不得，
相思梦里两情痴。

（2009 年 11 月 12 日，北京，雪。）

夜晚的布达拉宫

初冬的夜晚，
古城拉萨，
静得像一座睡着的山。

高高的天空，
挂着一轮圆月。
月光映照出，
布达拉宫清晰的面容。

宫墙以内的故事，
变得更加遥远。
一排排窗户，
透出发黄的灯光。
似乎是喇嘛的身影，
带着翻动经卷的声响。

宫殿前的广场上，
有几对恋人牵手，

有几辆的士驶过。
有几片枯卷的落叶，
在地面滚动。

药王山亭亭地坐在对面，
隔着夜色，
对着苍天，
细说沧桑。

拉萨河畔的市声，
大昭寺里的祈祷，
青藏铁路列车的啸鸣，
餐馆里辣子烹油的刺刺声，
都已经静了下来。

初冬，还没有下雪。
游人少了。
布达拉宫的上空，
悬着一轮明月。

（2009年12月1日夜，农历十月十五日，拉萨，月圆。原载“解放日报”2010年2月3日）

致村姑

一叶轻舟过大关，
从容淡定任风帆。
欲探哲门深似海，
何愁高处不胜寒。

（2010 年 1 月 4 日，北京，大雪后。）

访朱良春师

狼山濠水自良春，
看朱成紫意缤纷。
堤外长江宽似海，
船内刀鱼贵如金。
力挽沉疴遣小虫，
发皇古义抚新琴
伤心最是佳人老，
天地养生重守神。

（2010年3月25日，南通）

*朱良春（1917～），江苏南通人。早年师从名医章次公，力主中医应“发皇古义，卓然自立”。临证时中西互照，辨证精当，善用虫类药，自成一家，为当代国医大师之一。南通位于长江口北岸，濠水环城，狼山在侧。每逢春汛，江水浩荡，刀鱼上市，其价昂贵。朱良春年届耄耋，养生有道，身健思敏，重于守神者也。

归　来

千里归来梦中游，
故乡田园已成楼。
太湖风光灵山佛，
紫砂壶边共回首。
塘河十里到梅村，
泰伯庙前忆东周。
范蠡才情西施泪，
五里湖中泛扁舟。
坐听阿炳奏二胡，
月映二泉黄昏后。
春水潺潺黄公涧，
琴声幽幽泉自流。
软米雪白银鱼鲜，
糟香醅浊杯中酒。
桑叶渐老蚕抽丝，
蚕娘心意化彩绸。
惠山阿福泥塑成，
空心面筋园似球。

啤酒名曰太湖水，
美味偏向肉骨头。
锡山自知山无锡，
虚怀传世善绸缪。
腊月寒冬望新时，
梅花带雪含春眸。
清明断鹞麦苗青，
红杏纷谢桃封后。
青龙山上墓成林，
富贵贫贱各一丘。
人生百年谁无死，
回家还听招魂讴。

（2010年3月26日，无锡）

桃花源

两岸桃花的小溪，
豁然开朗的洞天。
鸡犬相闻的村舍，
故意忘却的归途。

（2010年4月，湖南）

北京之春

榆叶梅开待叶新，
柔荑落地杨飞花。
春归黑土盼青雨，
风吹白日扬黄沙。
香山近影多靓女，
后海远眺尽晚霞。
难得连翘灿无语，
玉兰静处去浮华。

（2010 年 5 月）

赠陆广莘师

陆沉应有珠峰在，
广袤浩淼忆方舟。
莘莘独寻生生理，
拳拳总为未病谋。
无心无肺逞豪迈，
亦中亦西泯恩仇。
一枝高竹挑灯处，
光照九州如中秋。

（2010年5月14日）

*陆广莘，（1927～）国医大师。上海松江人（自称松江府上海县人）。早年学医，师从陆渊雷、章次公、徐衡之诸名家。1952年入北京大学医学院学习西医5年。1957年毕业后于北京人民医院从事中医临床26年，汇通中西，补短取长，卓有造诣。1983年调中国中医研究院，提出“中医研究”与“研究中医”之分野，归结其学术思想为“循生生之道，助生生之气，用生生之具，谋生生之效”。或问其养生之道。答曰：“没心没肺”。意为豁达大度，不用心计，善于宽容，可臻寿域。

鹿回头

风飞波音海南行，
山含灵气水含魂。
十月迎客三角梅，
千里思君一片心。
方知亲情情有意，
唯见浪花花无痕。
天涯海角鹿回头，
难忘江南雨濛春。

（2010 年 10 月，三亚）

寄蔡敏学

已非壮马举蹄轻，
未忘笨鸟当先行。
平生无酒醺不醉，
经世有棋死复生。
故园看梅千百树，
知己舒怀两三人。
寒热温凉无适处，
野鹤来去乘闲云。

（2010 年 11 月 17 日，三亚）

*蔡敏学（1935～），江苏无锡人，清华大学教授。每年 10 月至来年 4 月迁居海南三亚，5 月回京，为候鸟一族。

黔城芙蓉楼

——仿王昌龄《芙蓉楼送辛渐》戏作

浓雾紧锁黔城头，
大唐气象一时收。
巫江多情曾留诗，
楚山孤影只添愁。
欲送远客问洛阳，
却逢寒雨入润州。
玉壶冰心何处是，
㵲水岸边芙蓉楼。

（2010 年 11 月 28 日，湖南黔城）

*唐代诗人王昌龄（约 698～约 756）《芙蓉楼送辛渐》诗："寒雨连江夜入吴，平明送客楚山孤。洛阳亲友如相问，一片冰心在玉壶"，烩炙人口。芙蓉楼古址在今镇江（古名润州）市西北角。后王昌龄贬谪至湖南黔城（今属怀化地区洪江市黔城镇）做"龙标尉"，当地人民呼之为"诗家天子"，并于㵲水岸边与巫水汇合处筑一楼，亦名"芙蓉楼"，古朴典雅，景色宜人，几经重修，于今犹在，并附会为"王昌龄送辛渐处"，反映了湘西人民对王昌龄的仰慕。

路志正老师行医七十周年

藁城少年入杏林，
一袭青囊赴远征。
心怀仁术求广安，
胸涌惊涛发希声。
冷对六淫经风险，
温化七情见坚贞。
冬食萝卜夏食姜，
身健何必问年庚。

（2011年1月9日）

*路志正（1921～），河北藁城人，中国中医科学院广安门医院主任医师，国医大师。少承庭训，发奋自砺，苦读中医。1952年至1966年“文革”初在卫生部工作。他敬重名家，团结同道，高效行事，低调做人。1972年重返临床，行端志正，医术精湛，敬业乐群，望重杏林。

佛像绑在卡车上

佛像乘车赴北京，
高速颠簸未伴僧。
五花大绑寒风里，
天上人间一根绳。

（2011 年 2 月 14 日，北京潘家园古玩市场）

相　知

天地有情两相知，
鹊桥通幽未逢时。
寂寞应在心尖上，
苦伴星月觅小诗。

（2011 年 7 月 31 日）

爱扶

爱的人走累了，
有人扶着你。
扶你的人走累了，
走累的人跟着你。
那是一条爱的路，
一个人没法走到尽头。

（2011年8月1日）

赠邓铁涛师

岭南名花老更俏，
学贯中西气自豪。
卓然自立拒从属，
万顷碧波扬铁涛！

（2011年8月6日）

＊邓铁涛（1916～），广州中医药大学教授，国医大师。主张中西医平等并重。在学术上，中医不从属于西医，更不能“自我从属”于西医。

牧　游

牧游草原兮随牛走，
诗情似花兮文思流。
遥望南山兮心何广，
风吹白云兮放歌喉。

（2011 年 8 月 17 日）

烛

人生如烛。
最初是一燧火，
最后是一缕烟。
光耀一生，
泪流满面。

（2011 年 8 月 20 日）

饭养身来歌养心

——为《中国侗族医药》题

饭养身来歌养心，
山娇水媚听芦笙。
人间别有侗医药，
自采百草古寨风。

（2011 年 8 月 22 日）

*《中国侗族医药》，龙应光、萧成纹、吴国勇、邓星煌主编，中医古籍出版社 2011 年 9 月出版。

侗歌“进堂歌”：“饭养身来歌养心”。

赠秦伯益

——贺《美兮九州景》繁体版问世

天上众星聚，
人间君独游。
五岳独尊处，
常怀海天忧。
阳关问柳色，
闽南寻土楼。
古道千万里，
美景遍九州。

（2011年8月26日）

*秦伯益（1932~），江苏无锡人。少将，研究员，中国工程院院士，中国军事医学科学院原院长。主编《新药评价概论》，著有《漫谈科技》、《美兮九州景》、《壮哉中华魂》等著作。

日 历

岁月好象撕去的日历，
如今只剩下残余的冬天。
待到日历撕完的时候，
春天又来到人间。

（2011 年 12 月 7 日）

山

海边的山是稜角，
高原的山是线条。
故乡的山是坚强的柔情，
远方的山是神仙的摇篮。
攀登的山是脚下的风景，
心中的山是母亲的期盼。

（2012年2月4日）

庆五人寿

春光荏苒秋水清，
艰难征途同舟行。
宝库曾怨金屋小，
明堂不嫌百草轻。
振兴岐黄谋大局，
不计青史留无名。
兄姐五人四百岁，
喜逢八十作寿星。

（2012年9月12日）

*五人，国家中医药管理局的五位同事：张洪魁，刘尚德，阎洪礼，王鸣凤，王敬轩。

为寻羌医到茂汶

为寻羌医到茂汶，
前歌后舞坪头村。
羌笛一曲唐人味，
樱桃枝头看早春。

（2011 年 4 月）

再寻羌医到茂汶，
风吹凤仪自缤纷。
白石羊头咂酒赋，
碉楼映照新乾坤。

（2012 年 9 月 5 日）

*2008 年汶川大地震，汶川、茂县等羌族地区是重灾区。至 2011 年，灾后重建基本完成，羌村面目一新。

*凤仪镇，茂县的一个镇，多风。邻近的松潘县，出产的大葱很有名。民谚：“凤仪的风，松潘的葱”。

尼亚加拉大瀑布

五大湖水从天倾，
千万白驹奔下坡。
雾气蒸腾蔽红日，
水声咆哮翻怒波。
游船直冲瀑布前，
浪遏船头两相博。
旅客个个穿雨衣，
眼缝相看惊呼哟！

（2012年10月3日，尼亚加拉）

科罗拉多大峡谷

大峡谷静得没一丝儿风，
干涸的土地只剩下仙人掌和木麻黄。
岁月在崖壁上刻下深深的皱纹，
古老的旋律是一首苍凉的歌。

谷底流淌着一条绵长的河，
像蛰伏的蛇静静地思索永久。
我俯身寻找恐龙的足迹，
追思印地安人远去的行踪。

（2012 年 10 月 4 日，拉斯维加斯）

库　巴（cuba）

浓密的丛林，
像厚实的棉被，
把大地紧紧包裹。

登上古老的金字塔顶，
瞭望四周，
无边的丛林，
无尽的绿色，
无穷的天涯。
远处的地平线，
已经沉入海底。

丛林里藏着神秘的玛雅。
隐约可见，
消失的村落，
倾圮的房基，
半截的断垣，

还有漶漫的碑记。

平地矗立着尊贵的城堡，
和寂寞已久的球场。
古老的文明，
像碎石一样，
满地洒落。
夕阳里，
任人凭吊，
面对历史的忧伤！

（2013 年 3 月 29 日，墨西哥，库巴）

图　伦（tulum）

大海边上是壁立的岩石，
岩石上面是高耸的神殿。
古老的玛雅陈列在大海岸边，
海风吟唱着遥远的歌。

人们在石头上寻找昔日的辉煌，
岩石上的“碉堡”成了航行的灯光。
当丛林中的亲友来到这里，
共赏海上雨后的彩虹。

（2013 年 3 月 29 日，墨西哥，图伦。）

墨西哥色彩

——献给美丽的坎昆海滩

蓝天下是迷人的海，
海水像一幅春天的画。
嫩绿的，浅蓝的，蔚蓝的，
一层一层的色彩，
由远而近向你涌来。

浪花微笑着，
亲吻你的身子，
抚平你的足迹。

岸边的细沙，
洁净，粉白，柔软而又温存。
白种人，黑种人，黄种人，
男人和女人，半裸着，
躺在海的怀里。

椰子树高高飘扬，
从树梢下，
漏下缕缕阳光，
和半睡半醒的游客，
悄悄说话。

（2013年3月31日，墨西哥，坎昆海滩）

奇钦伊察（chichen itza）

库库尔坎金字塔整旧如新，
留出一大片无遮无荫的广场，
任凭烈日烧烤巍峨的身影。

古老的球场上，
残留着昔日的喧闹和欢腾。
投球的石环牢牢地镶在高墙两侧，
奇特的球赛勇猛激烈动魄惊心！
用胜利者的头颅祭奠胜利。
惨烈的场面至今令人震惊！

环顾玛雅遗址，
智慧和虔诚闪耀着历史的灵光。
无数根石柱排成连绵长廊，
掩饰不住沧桑岁月失去的辉煌。
是谁创造了如此灿烂的文明，

又如何离去？

去向何方？

（2013年4月1日，墨西哥，奇钦伊察）

*报载：“金字塔园区另一著名景点——球场，也是玛雅文化的重要代表。通过比赛，赢球一方的队长会得到最高的荣耀——当场砍头。人们认为这是通往天界了。因而球赛实际上是一种祭祀仪式，整个国家从皇室到平民都会前往观战”。（“寻找消失的玛雅文明”，作者陈奇，北京青年报2012年7月20日）

四月温哥华

雨丝缠绕着春天的树，
细叶从滋润中睁开眼睛。
湿漉漉的温哥华，
好比迷濛中的美人。

海风从太平洋上吹来，
岩石上泛着淡淡阳光。
水珠儿挂在树梢上，
路边的樱花倏然开放。

（2013 年 4 月 5 日，温哥华）

月下独白

凤山芳谷人静后，
相思树下独徘徊。
月中有影非嫦娥，
海上无风是蓬莱。
人生曾因岁月误，
心扉总向天地开。
神州多少吞声泪，
何啻江南雨花台。

（2013 年 5 月）

佛罗伦萨即景

古老的灯光，
在佛罗伦萨旧城闪烁。
街道两旁发黄的楼房，
把光滑的石板路，
紧紧地夹在中间。

群情激昂的先锋勇士们，
就住在这发黄的楼房里。
踩着尚未光滑的石板，
走向文艺复兴的心脏。

今日的历史广场，
堆满了雕塑艺术的珍品。
平静地，
吸引朝圣者的目光。

侧面站着的是，
米开朗基罗的大卫。
大卫身后，
是一道通向历史的门。

走进大厅，
巨幅的湿壁画，
用弘大叙事，
展示人性复归的场景。

二楼中央，
但丁的头像，
紧绷着脸，
向窗外沉思。

一个时代从这里开始，
至今未有终结。
人类找回了自己，
接续了古希腊
和古罗马的血脉。

只有那，
失去的记忆，
凝固成冰冷的火焰，
在心中燃烧。

（2013 年 9 月 7 日）

威尼斯有一座叹息桥

水城威尼斯是大海上一簇耀眼的鲜花，
圣马可广场用最美丽的客厅招徕四方宾朋。
纵横交错的河道里游荡着贡多拉小船，
彩色的玻璃杯映照出时代的飘逸缤纷。

不是因为悠久的历史承载的文化过于厚重，
不是因为众多的游客踩踏了岛上的石岩。
海水涨上了半截陈旧的墙壁，
古城沉下了半个罗马的辉煌。

威尼斯有一座从官殿通向监狱的叹息桥，
多少人用一声叹息简化了苦难的命运。
游人们从这桥上缓缓走过，
桥下的流水饱含着回忆的呻吟。

斜阳下我告别柔情万种的威尼斯，
几度回首看见海水和街道一样齐平。

当潮水般的游客潮水般地退去，

悲怆的歌声陪伴着夜半的街灯。

（2013 年 9 月 8 日）

*威尼斯，位于意大利东北部亚得里亚海滨，面积 5.9 平方公里，由 118 个小岛屿组成，117 条水道纵横交错，通过 400 多座桥梁把各岛连接起来。由于气候变暖，海水上涨，1966 年 11 月 4 日水淹线达到墙上近一米高度，导致人口大量迁出，由 40 万降至 6 万。威尼斯有很多特产，其中手工吹制的玻璃器皿久负盛名。

*圣马可广场，又名威尼斯中心广场，被拿破仑誉为“欧洲最美客厅”。

*贡多拉，是威尼斯独具特色的尖头小舟，造型别致，已有一千多年的历史，是水上人家的代步工具，现作游船。船工穿一件带横条的紧身针织上衣，戴一顶草帽，载着游客，驾小舟穿行于河网之中。

*叹息桥，这里从前是总督宫判决的犯人通往后面监狱的必经之桥。犯人经过，时有叹息，因而得名。

阿尔卑斯山的雪

阿尔卑斯山是欧洲的巅峰，欧洲的骄傲。

阿尔卑斯山是森林的海洋，冰雪的世界，世界的游乐园。

阿尔卑斯山是抒发豪情、高昂意志、显摆青春、撒欢大笑的天堂。

阿尔卑斯山是老马无缰、荒山放羊、释放闲情逸致的地方。

我今天来到一年四季充满冰雪魅力的瑞士铁力士山，

漫步雪峰，俯视冰川，穿越冰洞，看对面山上风起云卷。

这雪是那么纯洁、素雅、无穷、无尽、无体、无量，

这雪是水的羽毛，冰的伴侣，风的舞姿，爱的纯情。

啊！大山无畏，大海无垠，大美无色，大象无形！

阿尔卑斯山，你凝固了多少冰雪，你挥霍了多少热情！

你让多少游客，找回童心！

（2013年9月9日）

*铁力士山在瑞士中部，这里可欣赏3239米的雪峰和原汁原味的阿尔卑斯地貌。

罗浮宫镇馆三宝

胜利女神的雕像没有头，也没有手，
她依然昂首阔步迎风欲飞奔放豪情。
轻薄的长袍掩不住健美的胸部，
残缺的完美透露出庄重中的轻灵。

维纳斯在大海的泡沫中诞生，
大理石的雕像是一个半裸的全身。
手臂断缺无损她的端庄美丽，
举世公认她是美和爱的女神。

蒙娜丽莎带着永恒的微笑，
体态丰满神情优雅双目含情。
她向每一个角落的人群颔首示意，
嘴角上留着隐秘莫测的神韵。

这镇馆三宝是三位不同的女性，
这镇馆三宝是无价的艺术珍品。

古今中外的审美竟如此相似，
失去头颅没有胳膊照样唯美动人。

（2013年9月13日）

*罗浮宫是文艺复兴时代的古老宫殿，珍藏的艺术品有三万五千多件。罗浮宫有三件镇馆之宝，一件是萨姆特拉斯的胜利女神，一件是希腊神话中的美女维纳斯，一件是达·芬奇的名画蒙娜丽莎。

锦　笺

夜色迷濛染轻云，
中秋有情亦无情。
欲向嫦娥寄锦笺，
月圆还须月光明。

（2013 年 9 月 19 日，中秋，北京）

曼德拉站在我面前

曼德拉站在我面前，
我仿佛是在大海岸边。
他劝我别去看罗本岛的铁窗，
他的心一直在铁窗外面。

曼德拉站在我面前
像一座高山立在我身边。
他邀我一同去特兰斯凯绿色的家乡，
回忆渐渐远去的南非童年。

曼德拉站在我面前，
带着曼德拉式的慈祥的笑脸。
从眯起的眼缝里透出一道闪光，
奋斗和包容是最重要的人生经验。

曼德拉站在我面前，

好像是站在飞机的舷梯上面。
他举起拳头呼喊自由，
他举起手掌告别人间。

（2013年12月5日）

从沪返京

晨钟敲醒静安寺，
午间乘风到燕州。
心急偏坐摆渡车，
天寒反穿旧棉猴。
衰草临渴无降雪，
雾霾久留尽掩口。
归鸟投林花家地，
观景直上望沙楼。

（2014 年 1 月 9 日）

*2014 年 1 月 9 日，中国社科院发布首部全球环境竞争力报告，中国名列第 87 位。中国的空气质量排全球倒数第二。

*花家地，在北京朝阳区。

心逐诗韵到天涯

静如黄昏山边月，
淡若梅林雪后花。
百年秋风吹金叶，
几番春雨洗晚霞。
江河情深愁有债，
京华楼高苦无家。
苍天不老知音在，
心逐诗韵到天涯。

（2014 年 2 月 2 日）

题《中瑶医传心录》

瘴疠林密处，
蛇虺狂欲舞。
民瘼苦难言，
拜神亦求巫。
先民智千虑，
百代意相濡。
瑶医得心传，
下笔已成书。
传承存本真，
古木根未枯。

（2014 年 3 月 7 日）

*《中瑶医传心录》，余培南主编，以瑶医药为主，其中很大篇幅论及蛇伤防治。

寄朱良春

朱子豪情向无边，
良辰美景花自恋。
春光映入绿窗帘。

长江于此东出海，
弄潮恰逢浪滔天。
先生童心似少年。

（2014 年 3 月 7 日）

*朱良春，南通人，全国著名中医，国医大师。今年 97 岁，思路清晰，临床不歇，笔耕不辍，时逢春日，附诗寄之。

梅梁湖

梅梁湖，春意浓。
岸边风景动人处，
天上挂柳丝。

柳丝长，垂拂地。
嫩青鹅黄千条线，
条条寄相思。

相思意，千年期。
范蠡西施泛舟去，
青山波光里。

（2014 年 3 月 21 日）

*梅梁湖在无锡市西南郊 4 公里，是太湖在无锡市境内一个口袋形的大水湾的古称，湖边集中了许多太湖风景区。其中深入无锡市区的一部分，称五里湖。《吴越春秋》载：范蠡助越灭吴后，“乃乘舟出三江，入五湖，人莫知其所适。”传说范蠡携西施于此泛舟而去。

千草苑

梁溪千草苑，
古风依神农。
太湖昂鼋首，
红梅笑寒冬。
朝饮惠泉水，
暮闻灵山钟。
名医皆仁术，
未病问上工。

（2014 年 3 月 21 日）

* 千草苑在无锡环湖路 251 号，蠡园西侧。

为《六十年悬壶侗乡》题

悬壶侗乡六十年，
坎坷识得古医田。
满山花开为谁红，
野草枯荣根相连。

（2014 年 3 月 24 日）

＊《六十年悬壶侗乡》，萧成纹著，其内容多为六十年行医和工作经历，广泛涉及侗族民间医药。

侗歌“进堂耶”：“火烧山林，好种地；满山花开，岩朦胧”。

悼徐大姐

平生报国月犁急，
一朝收剑梅花徐。
树老根深红万点，
艳动当年风雪时。

（2014 年 5 月 23 日）

* 徐大姐，即徐书麟（1920－2014），辽宁辽阳人，日本占领东北后随母逃亡到北平。后与崔月犁一起从事地下工作，为北平和平解放作出了贡献。曾任北京市委党校教员，北京实验京剧团团长等职。离休后专习国画，勤奋挥毫 30 余年，书香墨韵多赠杏林梨园，著有《徐书麟画辑》三卷，被誉为“梅花徐”。

“沉郁雄深”及其他

——杜诗欣赏札记

前人论杜甫的诗，喜用“沉郁雄深”四个字。[(1)]这是指杜诗的苍劲、豪迈、雄阔、深厚的一面而说的。关于这，明代的胡应麟曾列举杜诗七言中的“壮”句，作了如下的分析：

杜七言句壮而阔大者：“二仪清浊还高下，三伏炎蒸定有无。”壮而高拔者：“蓝水远从千涧落，玉山高并两峰寒。”壮而豪宕者：“五更鼓角声悲壮，三峡星河影动摇。”壮而沈婉者：“三年笛里关山月，万国兵前草木风。”壮而飞动者：“含风翠壁孤云细，背日丹枫万木稠。”壮而整严者：“江间波浪兼天涌，塞上风云接地阴。”壮而典硕者：“紫气关临天地阔，黄金台贮俊贤多。”壮而秾丽者：“香飘合殿春风转，花复千官淑景移。”壮而奇峭者：“窗含西岭千秋雪，门泊东吴万里船。”壮而精深者：“织女机丝虚夜月，石鲸鳞甲动秋风。”壮而瘦劲者：“万里悲秋常作客，百年多病独登台。”壮而古淡者：“百年地僻柴门迥，五月江深草阁寒。”壮而感怆者：“锦江春色来天地，玉垒浮云变古今。”壮而悲哀者：“云岭独看西日落，剑门犹阻北人来。”结语之壮者：“关塞极天惟鸟道，江湖满地一渔翁。”叠语之壮者：“高江急峡雷霆斗，古木苍藤日月昏。”拗字之壮者：“侧身天地更怀古，回首风尘甘息机。”双字之壮者：“江天漠漠鸟双去，风雨时时龙一吟。”凡以上诸句，古今作者无出范围也。[2]

这里的“壮”和所指的“壮势”，可以说是“沉郁雄深”的具体说明。此外，杜诗五言中的“会当凌绝顶，一览众山小”（望岳)。“落日照大旗，马鸣风萧萧”（后出塞）等也都可以属于“沉郁雄深”这一类。在这些诗句里，杜甫以高度的艺术造诣，充分表现了他所处的那个盛世危变、国破人亡的时代。以黄钟大吕般的声音，深沉壮丽的情调，唱出了响彻云霄、声震千古的豪歌。而且这些诗篇，构思立意，力透纸背；造字遣句，又显得轻车熟路，游刃有余；使内容与形式的完整统一，意境和风格的和谐相契，达到了尽善尽美的地步。

但是，也正如许多人所提到的那样，杜诗的另一些篇什，在抒情的清丽、状物的工致和举事的精细上，却又表现出另一幅惊人的、殊然不同的风格特色。这一类的诗句，特别是在诗人的生活得到暂时安定的时候，更象连珠炮般地吟咏出来。例如，唐至德二年（757 年）

九月，官军收复了长安，杜甫于同年的十一月至次年六月，在长安继续担任左拾遗的官职。这个时期，他在《曲江》和《曲江对酒》中，写出了这样的诗句："穿花蛱蝶深深见，点水蜻蜓款款飞"；"桃花细逐杨花落，黄鸟时兼白鸟飞"。此后在760年，他结束了十载长安、四年流徙的生活，来到成都，在浣花溪畔，万里桥西，自建草堂，定居下来。本来，杜甫的诗不仅被称为"诗史"，而且被誉为"图经"。在他的笔底，"非唯山川阴霁，云日朝昏，写得刻骨；即细草败叶，破屋危垣，皆俱性情"，(3)今对浣花溪畔的迷人春色，他用细吟低唱的笔调，把一草一木、一虫一鸟都点拨得栩栩如生，以致叫人"千载之下，身历如见"。(4)你看，这一幅幅百看不厌、回味无穷的图画，写得多么可爱、多么诱人啊！浣花溪畔，"无数蜻蜓齐上下，一双鸂鶒对沉浮"（卜居）。江村岸边，"园荷浮小叶，细麦落轻花"（为农）。草堂附近，"幽花欹满树，细水曲池通"（过南邻朱山人水亭）。西郊路上，"市桥官柳细，江路野梅香"（西郊）。早春天气，"红入桃花嫩，青归柳叶新"（奉酬李都督表丈早春作）。暮春景象，"杨柳枝枝弱，枇杷对对香"（田舍）。春夜喜雨，"随风潜入夜，润物细无声"（春夜喜雨）。良宵宁静，"云掩初弦月，香传小树花"（遣意其二）。另外，还有"细雨鱼儿出，微风燕子斜

"（水槛遣心）。"留连戏蝶时时舞，自在娇莺恰恰啼"（江畔独步寻花七绝句其六）。"繁枝容易纷纷落，嫩蕊商量细细开"（江畔独步寻花七绝句其七）……所有这些，都与前面所说的"沉郁雄深"迥然不同。这里，他写的是草木虫鱼、鸟语花香，用的是小、轻、细、香、嫩、新、净、弱、微、幽、清一类的词儿。然而，这是不折不扣的杜甫艺术。这两种相反相成的风格统一起来，是形成我国古典诗歌中这一座万般奇观的艺术高峰的重要因素之一。

当然，对于这一类诗的艺术意境的肯定，一点也没有否认在杜甫的这些诗中，（或者，更精确地说，主要是在这些诗中）人民的声音暂时地减少了，现实的意气比从前消沉。有时，其中还不免流露出一点庸俗的人生哲学的味道。但是，杜甫毕竟是伟大的，他是永远和人民亲近的。当风和日丽的春天过去不久，"八月秋高风怒号，卷我屋上三重茅"，诗人又发出了愤怒的呼号。他用那崎岖不平的拗句，一个字一个字地高叫着——也令后世的读者一个字一个字地铭记着："安得广厦千万间，大庇天下寒士俱欢颜，风雨不动安如山！呜呼！何时眼前突兀见此屋，吾庐独破受冻死亦足"（茅屋为秋风所破歌）！

以上只是列举了杜诗中的一鳞半爪，在流传下来的

1400余篇杜诗中，还不及全豹的一斑。鲁迅说过，最能引读者入于迷途的，便是"摘句"，因为它往往是衣裳上撕下来的一块绣花。[5]因此有人认为，学习和理解杜诗的最好办法，是亲读杜诗和"以杜解杜"。这点札记，仅作抛砖而已。

注（1）胡应麟：《诗薮》"内编"卷三六："李、杜二公，诚为劲敌。杜陵沉郁雄深，太白豪迈宕丽。"中华书局，1958年版，47页。

注（2）同上书，92-93页。

注（4）转引自仇兆鳌《杜少陵集详注》引钟惺语。

注（5）鲁迅：《且介亭杂文二集》"题未定"草（六至九）

（原载青海日报1962年9月3日）

《医林朝暮》自序

当代中国的医药卫生事业在“中西医并重”前提下，特别提出要“大力扶持中医药和民族医药发展”，实行“高度重视”、“大力扶持”、“切实加强”、“充分发挥”中医药、民族医药的政策。这一点，体现了新时期卫生事业的中国特色，是世界上其它国家所没有的。

我从事中医药和民族医药工作凡40年，深知其中的酸甜苦辣。在这本书里，从一个侧面记述了这份事业的奋斗历程，也反映了不少积重难返的问题。正是这些成功和问题，才显示出政策的诉求和政策的光辉，也才能理解我们这一代人的艰苦劳顿和忧患意识，于是才有了这本朝于斯、暮于斯、朝朝暮暮念念于斯的《医林朝暮》。

我这本书中的这些文章算什么呢？不像论文，也不像散文，只能说是一个公民永不放弃的纯业务观点，是一个跋涉者的含辛茹苦的工作记录，多半由于中医药和民族医药事业一直在困境中前进，它需要说明，需要申辩，需要呐喊；也需要谋划，需要薪火，需要温存。而所有这些，又都必须言之有据，言之有理，言之有文。

中医药和民族医药中有一些问题，实在是迁延难治的痼疾，今后需要不断复诊和医治。这份记录，又是留给未来接诊者的一份“医案”。

本书分中医药、民族医药和《梦边吟》三个部分。每部分基本上按写作年代排序，但也以内容作一些分类，例如纪念崔月犁老部长的四篇文章，就编在一起。这本集子，主要收载近十年来关于中医药的若干论述。2007 年以前的论述，曾收录在《医门清议》一书中；2006 年，我出过一本《中国民族医药散论》，汇集了十年间关于民族医药的论述。因此民族医药部分仅收载 2006 年以后的文章。此外，我将几首不像样的诗附在后面。我经常失眠，又拒绝服安眠药，这些诗都是梦前的呓语，所以题名《梦边吟》。这些诗单独结集是没有资格的，只好作为本书的附录。日有所思，夜有所梦，其中有几首诗，还应该算是《医林朝暮》的一部分。

（2008 年 4 月 10 日）

羊腰湾运河边的中学生活

“羊腰湾，运河边，同窗已三年。晓风残月书声长，快乐无时忘。”当年听这首校歌的时候，不知道是套用李叔同先生的《送别》词改成了无锡中学的歌词，曲子是借｛美｝约翰．P．奥德威的曲。总觉得这歌声别有风味，特有意境，一直记到如今。另外，无锡中学还有一首校歌，歌词比较典雅，可惜已记不起来了。

无锡中学（解放后改为无锡市第三中学）是我青年生活的重要部分。我1947年进城求学。1948年夏从无锡县立中学转学入私立无锡中学，是初中二年级的插班生。那是一个动荡的、变化的年代。一个尚未脱离乡土气息的农家孩子到城里上学，不是展翅飞翔，不是豪气冲天，而是一种不知所措的迷茫。

我的家在无锡南门外王坭埄（吴语读gang，音岗），是一个不通运河的死浜斗。由于过于闭塞，信封上必须写无锡周泾巷王坭埄才能收到。因为周泾巷是沪宁线上的一个小站，信到了周泾巷，就知道王坭埄了。但从1980年代起，王坭埄已被工业园区开发掉了。我经常问自己乡关何处？我的故乡只有深深地埋在我的记忆里了。

1946年，我从邻村的鲍庙桥小学毕业，当年未去上中学。原因是年纪太小，家里不放心我一个人进城。当时邻居顾昌贤还在读小学5年级，我要等到他第二年小学毕业以后，与他搭道一块儿进城上中学。

在家等待的一年，我在村里的小学补课。这学校就设在顾昌贤家里。老师是邻村蔡巷的蔡经儒、蔡纬儒兄弟俩，教的是《古文观止》等课程。蔡纬儒先生很时尚，好像当过城里的小报记者。他有时唸一些他自己写的文章给我们听，其中有一篇文章叫《给珠儿的一封信》，内容我记不清了，但他朗读时得意的神情给我印象很深。另外教的歌也很新鲜，如《知了》、《天上人间》等。《知了》的歌词是："夏天有只小知了，高踞枝头把舌绕。窃笑黄蜂和青蚁，好比庸人只自扰。为谁辛苦为谁忙？你看知了，多逍遥！谁知一朝西风紧，衣不蔽体形暗销。道旁萎顿谁相吊？知了，知了，知多少！"这样一首劝人勤奋、讥笑高蹈的歌子，很有教化意义。《天上人间》的歌词只记得头上几句："树上小鸟啼，江畔帆影移。这里是天上人间。"解放后批判过这首歌美化旧社会，不准唱了。像这样的学校，既非私塾，又非洋学，应该说是抗日战争以后乡村中的一种过渡教育。现在想来，当时读了《古文观止》，补了语文基础，对我后来的专业选择，无形中起了作用。1948 年春我和顾昌贤一起进城赶考，我录取在无锡县中，他考取无锡中学。

1948 年春天，我得了伤寒症。在家治病两个多月，回到学校就大考了。我害怕考试成绩不及格要留级。暑期便转学到无锡中学。第二年 4 月，无锡解放。不久国民党的飞机在运河上空扫射，同学们把铺盖搬到楼下教室里，晚上通铺睡觉。当时学生的政治活动多，大家的注意力不在学习上。特别是初三以后，我入了团。1950 年秋季开学我分在高一善班。之后当了学生会主席，还当过无锡市人大代表（1950 年 12 月由无锡市军事管制委员会和无锡市人民政府、经军管会主任管文蔚和市长顾风签发的聘请书聘字第 284 号，参加过一届四次、五次、六次、二届一次、二次代表会议。这不是我个人的荣誉，说明当时市政府对母校的重视)，由于社会活动占了太多时间，加上学习目的不明确，学习不刻苦，我的学习成绩平平，令几位班主任老师非常操心。

忘不了的是老师

我首先要提到的是老校长秦雨豁。他面目清秀，谈吐文雅，穿着长袍，风度翩翩。因为我有机会参加校务会议，经常能近距离接触他。1951 年春，秦校长突然调走了。后来听说他当了无锡市图书馆馆长，再后来就不知去向了。1992年秋我在北京代表国家中医药管理局参加解放军总后勤部的一次会议。会上，军事医学科学院院长秦伯益讲话，我听出了他的无锡口音。他讲完话，走下台正好坐在我身边。我小声问他“无锡人?”“是!”“我向你打问一个人。”“谁?”“秦雨豁!”“那是家父!”接着他给我讲起秦校长在1957年被打成右派分子，发配至苏北的一个劳改农场。当时只要他承认错误，就可以放他回来。但秦校长认为自己发表的意见是正确的，决不认错。于是一直在那里劳动。不久便死在那里。

我高二以后的班主任王光照老师教英语。他是一个非常和善、谦逊和敬业的人。解放初期，号召反帝反封建，向苏联一边倒。有的人说，“英语是帝国主义的语言，学了没用处”；一些同学英语成绩不好，也不想学。当时有一个顺口溜：“Father mother 敬禀者，儿在校中读Book. 样样功课都 Good，只有 English 不及格”. 所以王老师上课非常困难，又不便把道理讲清楚，他很希望我带头把英语学好。可是我很不争气，他也显得很无奈的样子。改革开放以后，我一直想把英语补上去，于是也一直对王老师抱着愧疚的心情。而且感到年轻时候听听家长和老师的意见是非常必要的。我的第一个语文老师是潘于清。潘老师是我在高一善班的班主任，教语文有声有色，分析课文精确深刻，毛笔字和板书很有风格。后来似乎有什么政治历史背景，我上高二时就不见了。接着来的是一位年轻男教师，一头密发，老是用手梳理。我只记得他在我的作文簿上批过一句话："我们的敌人的敌人就是我们的朋友!"在强调阶级斗争的年代，这句话也算是格言了。第三位语文老师是李延秋。李老师上语文课潇洒自由，一会儿朗读，一会儿吟唱。还不时举起小茶壶喝上两口，那里面不是茶，而是酒。他在教室里边讲边走动，酒香就随时飘散到学生的课桌旁。上他的课只觉得有趣和享受，一点也不累。有一次我写了一篇关于校运动会的作文，说"皮带尺，拉拉长，跳远跳得怎么样?"他在课堂上给大家念了。1953 年 3 月 5 日斯大林逝世，我写了一篇悼念斯大林的作文，他也认为写得好，当众表扬了我。后来我考大学填志愿报中国语言文学系，和李老师的鼓励不无关系。

提起历史老师华山，我们都肃然起敬。华山老师有一次讲希腊神话荷马史诗《伊利亚特》。讲到希腊和特洛亚之间为了争夺一个美女海伦发动了特洛亚战争。这场战争打了十年。到第九年的时候，双方将士都已精疲力竭，怨声载道。心里都想，凭什么要为一个女人去拼死呢？正在这个时候，海伦突然出现在城楼上，伊利亚特的老少将士一看，"哦"了一声，啊！多美的美人呀！

这场战争打得值得！华山老师讲得实在太精彩了。以至到“文革”以后，我专门去买了一本《荷马史诗》，查到了那一段场景，感到远没有华山老师讲得那么精彩。另外，我们中国人形容美人，如果不直接刻画，往往用沉鱼、落雁、闭月、羞花之类。汉乐府中有一首《陌上桑》，描写一位秦氏女罗敷很美，“行者见罗敷，下担捋髭须；少年见罗敷，脱帽著帩头。耕者忘其犁，锄者忘其锄。来归相怨怒，但坐观罗敷。”但比之华山老师讲的海伦之美，其震撼力就差多了。

沈健老师的地理课通俗易懂，生动而又清晰，而且板书写得好。相比而言，李长傅老师是大学问家，教中学生并不合适。但他的长者风范，学者气度，令人尊敬。

焦二如老师的数学教得好是全校闻名的。在那个“学好数理化，走遍天下都不怕”尚有潜在影响的时代，学生对焦老师的崇敬溢于言表。可惜他没有教过我的课，只是有一次见他用左手在黑板上画一个圆，足以让学生折服。薛天游老师教三角课，读 Sin、Cosin 的时候，充满了音乐感。他也是一个大知识分子，教中学生显得游刃有余。对张伯奇老师的生物课，大家似乎不太在意，但他画的草履虫带有彩色，其印象令人难忘。秦公达老师的物理课是个婆婆嘴，态度十分慈祥。他讲得不少，学生记得不多。教化学的张念椿老师很瘦，讲课的声音很低。经常看见他拿着一个小钢精锅做饭。他胃病很重，一直坚持教课。

教务处的几位老师都没有给我上过课。一位是教务长史赞人老师，矮矮胖胖的，很和善。一位是副教务长许伯坚老师，教英语，每天早操他都到场，早操完了，他训话，讲一些教务信息和注意事项。他的讲话很简练，同学们听得鸦雀无声。还有一位袁葆鎔老师，教语文又兼总务。当时，寄宿生的伙食都缴大米，大部分学生家庭困难，缴不起那么多米，食堂每天开三顿稀饭。袁老师把学生召在一起，语重心长地说，“同学们哪，你们都处在青春发育期，一天三顿粥，不利健康，会影响发育的。”说着说着，忍不住流下眼泪。同学们也都哭了。在1949年5月无锡解放前后那一两个月，学校不上课也不放假，有一位音乐老师整天教我们唱民歌，如“跑马溜溜的山上”、“在那遥远的地方”、“可爱的一朵玫瑰花”、“小黄鹂鸟”等等，几乎是一天唱到晚，我现在记不起这位老师的的名字了。

还有三位老师是冯士清、温广才和童有储，据说他们有什么政治问题，解放后都陆续离开学校了。但同学们对他们的印象都不错。至少他们教学都很认真。冯士清老师教英语，当时用韦氏音标，发音不太正确，有点无锡英语的味道。温广才老师的数学教得不错，北方口音，口齿很清楚。童有储老师为人谦和。1951 年暑期开学，听说他被解聘。我到伯渎港他家里看他。后来在肃反运动中组织上多次调查我与童有储的关系。我只是说我对老师总是比较尊敬，听说他要走了，去看看他。但怎么也说不清。我总是想，大概是我那一次到童有储老师家去的时候，被瞪守的人盯上了，变成了怀疑对象了。

体育教育终身受益

无锡中学的体育水平，全市闻名。有一次江苏省足球队到无锡，就和无锡中学赛了一场。全市学生运动会上，无锡中学的奖牌总是不少。我们年级的唐健行同学，就是有名的体育健将。无锡中学的体育之所以好，一是有好老师，二是有体育场。体育老师鲍涵泉，是人人敬佩的好老师。他既抓提高，培养了不少运动尖子，篮球、足球、排球、田径每一门的优秀队员都有；又抓普及，课后傍晚，操场上一片欢腾，人人都是运动员。鲍老师以身作则，和学生一起锻炼。每天下午课后，足球场上聚了三、四十人。鲍老师一声哨响；“立正，向右看齐，向前看。报数！”他右手这边一挥，那边一挥，“单数这一边，双数这一边！”然后哨声响起，一场足球混战就开始了。忽然"瞿"的一声，他用手一指，Handball 手球！一个同学被罚下场（规矩如此）。大概 20 分钟，罚得差不多了，球场上剩下精兵，精彩的球赛正式开始。那时候，我也是混战中的一个。有一次，队长发起进攻，我冲上去防守。他飞起一脚，球正好踢在我鼻子上，我一下子头都麻了，满脸是血。队长连忙把我扶住，跟我说："在这种情况下，你应该侧身对我，或者用屁股对我。"第二天，我照常去踢，鲍老师一直把我留在场上。还有游泳，原来都在学校大门口运河里学。鲍老师一个一个地教。我下水的时候，鲍老师托着我的下巴，教我记住要领，大胆地游！不待我扑腾两下，他就把托住的手放了。我连喝了几口水，埋怨他不该放手。他笑笑说，是你胆小，游泳就得这样学！其实他这样教，运用了一个很重要的教育原理。可惜第二天市教育局下了通知"切勿在船只往来频繁或有血吸虫的河水里游泳，免生危险。"从此，运河里就不准游泳了，鲍老师也就没有条件教我们了。

1953 年我考入复旦大学。为欢迎新生入学，系里举办了迎新足球赛。我一看那水平之低，没法和无锡中学比，但又没法毛遂自荐，只能在场外干着急。当时学校的体育课，都按教学计划进行，先讲理论，再教基本功，然后才摸球。两个月以后，上足球课了。老师叫李庆祥。他本来是无锡中学的体育老师，体操很好，人称“小杠王”。我进复旦当学生，他调入复旦当体育老师。这时他右手抱着足球，跟大家说：“今天，我教大家停球。诸国本，站出来！我把球抛给你，你把它停住！”于是他把球往天上一抛，我用脚轻轻把它停住。从此我“驰骋”复旦足球场多年，到三年级的时候，进了校队。队长是系友王衍恕，他教我打中锋。可惜我很快进入毕业前期，球队已不可能培养我了。

中学后期和大学年代，食堂伙食较好，学生营养状况有很大改善，加上体育锻炼，我的身体渐渐结实起来。我总是想起无锡中学的操场和鲍老师。后来我在国家中医药管理局工作，遇到某个中医学院或中医中等学校扩建，我经常建议学校尽可能辟出一个足球场来，让学生们有足够的运动场地，把体育抓好，并把无锡中学的体育教育作为例子。

优良校风是传家宝

无锡中学的学生大都来自农村，大部分家境贫困，寄宿在校，家庭负担更重。正因为如此，同学们生活朴素，学习刻苦，遵守纪律。上课时间，宿舍门是锁起来的。夜自习时间，宿舍门也是锁起来的，一切学习活动全在教室里。所以看不到学生在宿舍里半靠在床上看书，看不见懒懒散散的样子。床上的被子，要求叠得方方正正。冬天起身铃一响，不少学生从热被窝里霍然而起，早操的队伍总是整齐的，操练也十分认真。学校周边没有任何商店。上午10点左右，篱笆外面有卖油条的小贩，在篱笆的缝隙中交换物和钱，只有极少数的走读生去买，这些同学可能是早晨出来匆匆上学没吃早饭，买根油条充饥。寄宿生是从来不去买的。星期六回家，星期天晚自习前一定返校。那时候没有公交车，家里远一点的可能乘船。但绝大部分是两条腿走路，按时返校全掌握在自己脚下。

无锡中学重教学，钻业务，讲自由，提倡人品清高，不尚浮华。我在无锡县中学习过一年，那里的教学质量较高，课堂纪律也好。但可能因为是公立中学，我看见军训老师穿着军装坐在教务处擦枪。上军训课的时候，学生们趴在地上，童子军的课程动作做得不准确，老师就踢你的屁股或脚。学生心里都很害怕。到无锡中学，则宽松多了，没有这种压力。无锡中学的这种校风，是与当年高践四先生的教育风范离不开的。“高先生早岁游览新大陆，民国七年游学回来，立志兴学，便把他先父遗产变卖了办学校，甚至因此而致自己的子女不能受良好的教育，然而高先生义之所在，毫不回顾，连自己每月所得的薪水，也充进学校经费用去。”“他教育子女，训导学生乃至立身行事，都约制在一个严字里面，而以刻苦坚毅的精神来立行，颇有中国古代墨家法家苦行崇法的风格。”（雷沛鸿：《纪念高践四先生》，载《高践四民众教育论著选》，第188页》）学校建成以后，高先生请著名教育家、国学大师、原交通大学校长唐文治任校长，他自己任董事。因为他父亲名高秋荃，董事会建议学校定名为“秋荃中学”，高先生不同意。学生要为他父亲立铜像，高先生不同意。学校里要挂他父亲的遗像，高先生不同意。当时的大总统徐世昌为他颁了一块《劝学敬学》的匾，学校想挂起来，高先生不同意。他告诫子女亲戚不准自荐至校内任职。子女亲戚入学，学杂费照缴。他经常对子女说：“吾人捐资，志在兴学，绝不能从中谋取个人利益。”（仲安仁：《缅怀私锡中创办人高践四先生》）。后继者唐文治先生当校长，不领学校一分薪水。所有这些严格、刻苦、坚毅、廉洁、谦逊的精神，都融化在无锡中学的校风之中。

高践四先生平生好诗词，曾作《蝶恋花·拜别雁山沙塘诸友好》云：“莫道行云何处去，雨露春风，每到村村树。灌溉连年辛且苦，成蹊桃李花无数。”无锡中学建校已届九十大庆，早已桃李满天下，高先生可以安息了。”

（2003年4月10日）

母校给了我什么

（写在复旦大学新闻学院创建80周年之际）

1957年我毕业于复旦大学新闻系。后来一直在卫生部门和中医药部门工作。当年在复旦学到的人文精神和业务知识，使我一辈子受用不尽。

新闻专业首先培养我具有比较宽阔的视野。这是一种热爱祖国、面向世界的胸怀。毕业前夕我在“复旦校刊”上发表过一首小诗：“二十年磨剑，未试刃尖，正当风华少年时。一心画尽天下事，千卷万篇。何处寄胸怀？静夜难眠。小桥流水池底浅，怎比得白浪滔天，草原无边”。这是一种多少有点志大才疏的青年梦想，但也是任何工作都需要的全局观念，是当时同学们共有的思想境界。

第二，新闻专业培养我对客观事物具有比较强的敏感性。这种敏感性不在于善观风信，见风使舵，而在于紧跟时代潮流的识见和捕捉新鲜事物的能力。从而使我很少拒绝“无关”的工作，善于从细微中发现重大问题。

第三，新闻专业教导我说真话，不说假话。而且独立思考，遇难不默。在工作中重视调查研究，坚持实事求是，力求准确表述，比较吝啬形容词的应用。

第四，新闻专业培养我基本的文字功底。文章和发言稿，自己动手起草，不用秘书代劳。而且心有读者，文计时效，力求言之有据，言之有理，言之有文。

总之，我这一辈子，学过新闻专业，毕业后进入医疗卫生部门，从清扫街道到爱国卫生，卫生防疫，新针疗法，中医临床，中藏药资源调查，卫生管理，中医药管理，民族医药，非物质文化遗产保护，一路走来，边干边学，使我永远处于适应工作、追逐新知的过程中。老是当外行，老是当新手，半途出家，偷经学医，左顾右盼，非青非蓝，干得又苦又累。但也有极大的挑战性和创造性。我在《中国民族医药散论》一书的“序言”中说，“不管上述（对民族医药）的这些观点正确与否，说得清楚与否，都是由我第一次在此时此地做了如此这般的表述。”这就是工作的新鲜感和挑战性。

因此，我感谢复旦，感谢新闻系，感谢系内外已经逝去的老师们（陈望道，赵敏恒，曹亨闻，汪英宾，赵宋庆，舒宗侨，王中，伍必熙，余家宏，郑北纬，张四维，胡裕树，葛迟胤，周谷城，鲍正鹄，胡文淑，杨烈，蒋孔扬，杨兆龙，冒效鲁，葛莱汀高斯，徐震……），让我再一次默念他们的名字，默哀他们。同时，感谢一切健在的和年青一代的老师们。你们给了我人生的方向，给了我生活的勇气，给了我知识和力量。

（2009 年 11 月 31 日）

春天的落叶

由于《梦边吟诗稿》的发表，我不得不谈一点自己的身世。我的身世既简单又复杂。简单是因为我从大学毕业以后，服从组织分配而且从一而终，进入卫生部门以后就没有出来，从当扫大街的清洁工人开始，然后是爱国卫生、卫生防疫、新针疗法、中医临床、合作医疗、卫生管理、中医药管理、民族医药。一路走来，自认为是最了解基层卫生的人，也是在医疗卫生领域涉足面最广泛的人。这一点，对我扩大“卫生视野”大有好处。说复杂是因为我是1957年复旦大学新闻系毕业生，在学生时代被打成右派。1957年10月分配到青海，11月底到西宁市清洁队当了一名清扫工人。于是存在一个“怎么会搞起中医来的”问题。这就不是三言两语说得清的了。所以我一直回避讲这段历史，准备到以后写回忆录时再细细道来。但《梦边吟诗稿》的“卷首语”就破了题，说“它是春天的一片落叶”。这里，且重点交待三段历史：家庭出身、右派经历和中医入门。

一、生于忧患

我于1935年1月（农历甲戌年十二月初七）生于

上海。3岁那年因日本侵华发生“八一三”淞沪战争，全家从上海逃难到无锡农村老家。我母亲认为逃难几天，避过风头就可以回家了，谁知几天后回上海一看，家里的房子已成一片瓦砾，我们只好在无锡乡下住了下来。

老家在无锡南门北坊前乡王坭埄（读岗）村。是一个只有十四户人家的小村子，十户诸姓、二户姓王、一户姓顾、一户姓华。村边有条小河，约半公里长。小河西南边和大河相连处，被一个土坝拦住，于是小河成了死河浜，大河的船没法进小河，小村也就没法通运河。这一点决定了王坭埄的封闭、阻塞和信息不通。小河对面又是一个小村子，住5户人家，全部姓金，叫金甲里，所以王坭埄又名金王坭埄。1980年代末，这个村子被工业园区所占，实际上已经不存在了。

我祖父诸锦山，青年时代学医，后来在上海南市开业行医，挂牌“金针诸锦山”。我父亲说他“七岁失怙”，推算起来，我祖父在沪上行医的年代应该是在1920年之前。有一年他回乡过年，穿了一件缎面长袍钻进茅屋，一位同族的长辈见了，说：“锦山呐，你穿了这身緞子钻草房可不像样啊！“几年以后，祖父就在王坭埄村西头造了一栋四间两进的二层楼房，在当地算是最“豪华”的民居了，同时置了田产。他逝世以后，四个儿子每户分得四亩水田，一亩左右桑田。土改时我家和二伯父是中农，三伯父是小土地出租者。大伯父是一个心灵手巧的老实农民，闪了腰，抽上了鸦片，卖了一亩地，成了贫农。

祖父的医术传给了二伯父诸少山和姑母诸杏芳。二伯父一直在乡间行医，颇有医名。1970年我回老家探亲，告诉他我也学中医了，他送给我三本祖父的手抄本：《推拿揭要》、《惊风歌括》、《见善必录》。其中《惊风歌括》封面上写“宣统二年”。还送一套《温病条辨》、一套叶天士的《临证指南医案评本》。姑母在上海行医，以小儿推拿见长。她有自己的专用包车（人力车），有车夫，还有一个养女。这个养女叫雨珍，比我大12岁，像我的亲姐姐一样，协助我母亲把我和我妹拉扯大。小时候上学遇到天雨路滑，总是她把我背着上学，放学时又来接我。我病了，她会用线编一个小小的网袋，里面放一个鸡蛋，放在我的手上。

我祖父于1920年去世，到1937年我们离开上海迁到无锡，这中间有17年之久。这17年里，主要靠我姑母行医维持家计。我父亲1934年从上海沪江大学毕业考入上海市立医院工作，很快就离家了。所以我父亲的自传总是说“受母姐教育，慈恩永怀”，这姐就是我姑母。后来我到青海工作，1962年有了儿子，放在上海，当时母亲还在工厂做工，白天儿子便交给姑母。这位姑母养育了我们一家三代人。她因青年时得了肛门瘘管，终生未嫁，文革时期在苦难中逝世，对她我没有尽到一点孝心。

这样看来，我算是出身于中医世家了。但老家没有一个人希望我继承祖业。这一点可能与近代上海、江南一带西医兴起、中医衰落有很大关系。我后来从事中医工作，完全是另有原因。但青少年时代我对中医就有感性认识，我亲自看见、也亲自领受过中医的疗效。这一点对我后来主动学习中医，至关重要。

我父亲诸大文，1934 年应考入上海市立医院当书记（文书）。“八.一三”淞沪战争爆发，随医院部分人员组成军政部第五重伤医院，沿京沪线战区抢救负伤将士，以后撤退至武汉、重庆，与家庭失去联系。后来另立家室，抗战胜利后也未回家。1949 年以后去台湾，1987 年与我们恢复联系，1995 年 3 月回无锡老家定居，同年 9 月 30 日病故。抗战以后，父亲历任民国政府社会部专员、台湾省进出口同业公会秘书、救济总会秘书兼主任。最后，在中华民国工商协进会任职 24 年，1966 年任副秘书长。该会理事长是辜振甫先生。我父亲和辜先生友谊甚笃。1996 年 5 月我率中国中医院院长代表团参加“两岸中医药临床教育研讨会”访问台湾时，辜先生单独接见了我。

我父亲从抗战开始就离开我们，当时我3岁，我妹妹刚出生。解放以后，我成了“社会关系复杂”的“反革命家属”，这一点影响到我和家庭成员的方方面面。但公正的说，这段历史自有其客观原因，并不完全怪他。而我由于工作太忙，妻子多病，在父亲晚年时刻未能侍奉尽孝，心中常存不安。我从他临终前留给我的遗物中发现，他也是一个好学上进、兢兢业业、劳碌一生的人。生于乱世，忧患终生，像大多数老一辈中国人一样，是令人叹息和悲悯的一生。

我母亲陈燕芬是宁波人。外祖父在上海一家轮船上当司炉工人，常年奔波于上海和新加坡、马来西亚之间。因为家贫，母亲读了两年小学就辍学了，随后到香烟厂当锡包工，抗战以后回乡当农民。一个上海的青年女工一下子干江南农村水稻田里的农活，恐怕只有文革期间的上海知青可以体会。当年王坭埄周边的乡里都知道，有一个上海人回到农村样样能干。我母亲为人有胆有识，简朴干练，特别能吃苦，特别能自制，特别能省钱。她知书达礼，能读《红楼梦》，看张恨水的小说，字迹清秀而工整。她洁身自好，从不婆婆妈妈，从不家长里短，更无是是非非。她白天在农田干活，晚上和我姐姐一起在煤油灯下为枕套绣花以补家计。有一年患了

“桑叶黄”（钩虫病），面黄肌瘦，仍撑着身子下田劳动。夏天天还未亮，就把我叫醒跟她一起下稻田除草。蚂蟥爬上双腿，我们把穿破的长筒袜子绞去脚底上下扎紧以作防护，腰里还挂个瓶子，里面放了盐，捉住一条蚂蟥，就放在瓶子里，中午休息时候，就把它倒在被太阳晒得滚烫的青石板上，晒成一滩干血。但总有蚂蟥钻进袜子，血吃得更饱。还有一种带白色花纹的蚂蟥，不但吸血，还叫人伤口发疼。我每逢这种情况，害怕得直叫，母亲就过来帮我把蚂蟥捉去。我那时干活，是一个标准的半劳力，大人插秧一次每行6棵，我插3棵。妈妈拉我下地，是她的一种决心，一种自我奋斗精神，因为当时妹妹尚小，只能和儿子一道把活干完。正因为我看到母亲太苦，太克己，她的精神始终感染着我，甚至给我强大的压力，为她分忧几乎占领了我童年的全部思想。她轻轻一句话，我可以记一辈子。有几年大家庭办喜事，孙子辈只有我和堂兄两人，大家劝我喝酒（一种家乡自酿的、未经过滤的米酒），我喝得越多，亲友们鼓励越多，我自己也越兴奋。有一次堂姐梅仙出阁，堂兄喝醉了，在床上又哭又闹又吐，母亲把我拉到床前，问我：“你说喝酒好不好？”我说“不好！”母亲轻轻的说，“以后你也别喝了，可以吗？你答应我。”从此，我就不喝酒了。1970年我回上海探亲，正逢一位亲戚结婚，大家举杯庆贺，我举了杯，没喝酒。母亲说“为啥不喝喜酒?”我说，“小时候你关照以后，从没喝过。”母亲说，“那是什么辰光呀！你现在30多岁的人了，可以喝了。”但我始终记住母亲的教诲不喝酒、不抽烟。烟是从未试过，酒是不到万不得已，尽量不喝。非喝不可时，也尽量少喝。

母亲做事，很有主见，而且胸有成竹。抗战期间，课税很重。我亲眼看着麻袋装着稻谷充当皇粮，家里多留下麦子，母亲每天就啃死面麦饼，对我说，“戳得盐钵，可做大事”，意思是说没有菜吃，蘸点盐也能过日子，还能磨炼人。1950年代初，上海的烟厂缺乏原料，开工不足，一天只干两三个钟头。母亲邻座的工作台是一位姑娘，活泼好动，但有点毛手毛脚，闲下来就去打麻将，连她娘也管不住。我母亲对姑娘说，厂里计件工资，做得多工钱多，你年轻，跑得快，我脚疼上下楼不方便，我们俩人合作起来，我包烟（当时我母亲包烟最快，一手抓烟卷，一抓就是20根，很少多一支少一支的），你把它装条、装箱，搬下楼，把散烟搬上来。结果俩人一合作，效率提高，工资增加，姑娘也不打麻将了，姑娘成了我母亲终身的好朋友。1960年代，香烟厂设备更新，大量裁减工人，母亲因为是老职工了，领导上把她安排去保卫科工作，实际上就是守大门。她把这件工作做得尽心尽力。凡有报纸、信件、传呼电话、捎带口信、寄放物件，无不处理得井井有条，件件落实。工人碰到什么事，都乐于相托给这位“阿姨”。母亲多年寄居在姨母家，1951年夏天，楼上一户房客搬走了，母亲把房子租了下来，但要付一大笔钱。1953年我考入大学，8月份准备行装花了一笔钱。9月份我外祖父去世。我姨母对我母亲说，“几件大事凑在一起，钱怎么办?”我母亲说“我有数，爷（我外公）过世的事，我有准备了。”

我在复旦大学读书的几年，是我母亲最幸福的岁月。每逢星期日，她就做我最喜欢吃的饭菜。下午，她挎着我的胳膊一起荡马路、逛商店，碰到什么好吃的零食就买上一包。她每月给我3元零用钱，一半花费在公共汽车上。当时我家住在巨鹿路福海里（155弄），每周末从学校回家，先从邯郸路乘52路公共汽车到延安东路外滩，车费1角5分。再从外滩乘车到延安路成都路然后走回家，共4站，需1角钱。如果自己往前多走一站，到浙江路再乘车只需5分钱，我有的是力气，所以总是走到浙江路再乘车。这样，回家一趟单程车费是2角，往返是4角，一个月共1元6角。每到月底，母亲总是把3元钱放在桌子上，我口里总说“钱我还有。”母亲说：“还有多少？你口袋里里还有3角7分！你看除了车钱，你买了2张白报纸订笔记本，一张白报纸7分钱，两张1角4分；还买了一支牙膏、一本书，就剩下3角7分，对不对？”这就是一个母亲对孩子的用心，我只有从心底佩服她。母亲出身贫苦，从小体恤穷人，最见不得势利小人。1980年代改革开放之初，集市贸易开放了，有一次我回上海，有机会陪她到淮海路逛“自由市场”，逛完刚往回走突然下起了雷雨。母亲说“这怎么办？这怎么办！”我问怎么回事？母亲说“个体户呀！”当时我没听懂“个体户”是什么意思，问她“什么过天河呀？”母亲说“自由市场那些摊头，不全是个体户吗？都在露天，下大雨怎么办？”她处处想着别人，至今我仍记得她当时着急的模样。

1956年我妹妹支边去新疆，1957年我去青海，家里只剩下她孤苦一人。几年以后，她开始抚养孙子和外孙女，从小学到中学。在两个孩子分别考上大学以后，她患了直肠癌，且有严重的冠心病。我和妹妹都在外地，孙子和外孙女都住学校。1979年我妹妹调回上海，但住得相距很远。母亲关照楼下的邻居说，我如果发病，就敲地板，你们就通知阿四（一位住在隔壁的表哥）。果然，1983年2月末的一天晚上，天降大雨，她急病发作。待表哥把她送到医院，已抢救无效。临终前留下遗嘱，把几件纪念物品分送给我兄妹俩人，其余什物未作任何交代。当时一位朋友劝她，你一子一女，把东西分一分，免得日后发生纠纷。她说，我这两兄妹，他们是不会争吵的，随他们自己处理去。有一次我和妹妹、妹夫、外甥女四个人在一起，遇到什么事情议决不下，外甥女说：“你们几个人加在一起，都抵不上我外婆。”

母亲走了，她年轻时代遇上抗日战争，丈夫远去未归，生活的苦、心灵的苦，与谁诉说！解放以后，女儿远去新疆，儿子远去青海，晚年风烛，摇曳孤灯，与谁倾诉！几十年来，我只要吃到一道好菜，赏到一段好景，看到一场好戏，我总要想起母亲。做任何事情，总想到母亲若在身边，她会如何处理。不是有事才思念，也不仅是梦中思念，而是一天要思念若干次，这只有我一人知道。一个人对不起母亲，是无法饶恕的。

二、右派生涯

1947 年我考入无锡县立中学初一年级。1948 年春，我病了。学校在明伦堂（新安朱熹题匾）边上有一间很大的学生宿舍，近 100 张床，白天同学们都去上课了，我一个人躺在里面，发着高烧，昏昏沉沉。正巧我的堂姐荷娣到城里交绣好花的枕套，顺便来学校看我，看到我病成这个样子，连忙把我领回家中。

我得的是伤寒病。二伯父开了中药。在病情最危险的时候，姑母在村边桃树上挂了一个“鹤楔”，连续几个晚上，去那里为我招魂。两个月后，病情终于好转，回到学校就大考了。考完以后，我很害怕考不好留级，暑期便考入无锡中学。

1949年春，在无锡中学经历了无锡解放、上海解放。从1946年起，母亲又回到上海做工。上海解放时候，我在无锡，母亲在上海。那年秋季我升入高中，无锡中学改成无锡市第三中学。

当时农村的学生都住校，称寄宿生。学费和伙食费，都是交的米。家里穷，交的米不够，食堂每天开饭，吃的都是粥。学校训育主任袁葆镕老师流着眼泪对学生说：“你们都处在生长发育期，每天吃两顿粥是吃不饱的，这样会伤身子。”学生们也流着泪说：“我们家里连粥都吃不饱，实在没米了。”所以我后来有两句诗：“入学无米厌乱世，毕业有梦寄朝辉”。

1950年，我加入共青团。升入高中以后，当了学生会主席和无锡市人民代表。1953年高中毕业，我们在苏州考区参加高考。那时学生的社会活动很多，学习不太专心，特别是我的数理化成绩不好，而语文老师李延秋先生又经常表扬我的作文，于是报考的第一志愿填了中国语言文学系。暑期发榜时，录取名单登在解放日报上，我被录取在复旦大学中文系。

9月1日到复旦大学报到。校门口设了新生报到处，我走近报到的桌子，(班主任)伍必熙先生就迎了上来，问:“你是中文系的吗?来来来，看看上面有没有你的名字?”他指着一块黑板，上面写了新生名单。我指着自己的名字说，这就是。伍先生说:“把你分配在新闻系，你有意见吗?”复旦大学新闻系是很有名的，但当年并没有招生，所以我没有思想准备，但也没经思索就说:“好”。

于是我成了复旦大学新闻系的一名学生。全班30人，全是应届高中毕业生，另加因病留级的两位同学。入学之初，正好第一个五年计划起步，中央大力纠正学校的忙乱现象，倡导“知识就是力量”，整个气氛向科学技术进军。

从1953年到1957年，我读大学的四年，应该说是解放以后最好的学习年代。批判《红楼梦》研究，批判胡适，批判胡风，肃反运动，中文系的贾植光先生被抓起来了，新闻系最好的老师之一赵敏恒被捕了，对教师队伍震动很大，但学生学习还比较正常。当时我们这批同学，身体好、学习好、工作好、劳卫制好，个个都积极向上。我受“复旦校刊”分配，负责校长办公室的采访。陈望道校长看见我总要把我留下问这问那。有一次我告诉他，我们班在校运动会上得了两个冠军，他连说“好好好！你们的学长都是老夫子（指上几班同学调干生多），你们班可是生龙活虎。”当着苏步青教务长和邹剑秋主任的面，把我夸奖了一番。还有一次他给我讲五四新文化运动，用毛笔在一张白纸上边说边写，写了陈独秀、刘大白、周树人、夏丏尊等一大串名字，特别叮嘱我，夏丏尊的“丏”千万不能写成“丐”字！我感觉他对我的关心不是一般的呵护，而是一种喜悦，一种对小字辈发自内心的欣慰。我大学的学习成绩不错，还担任复旦大学学生会宣传部长，后来又兼学生会秘书长。

我们班上办了一块黑板报，取名为“火花”，每周一期。我负责全面和组稿排版，王绵筹同学负责组稿和编辑，俞月亭同学负责刊头和标题（他擅长美术），林次声同学负责缮写（他的板书极佳）。除了寒暑假以外，坚持不辍，连续出版了四年（可惜当时未留一张照片，更无录象）。

大鸣大放开始，老师们开始观望，后来反复动员，“风乍起，吹皱一池春水”。此时有一期“火花”的“报眼”空了一小块，我正好在看《克雷洛夫寓言》，就抄录一条补上：“猫爪里的夜莺是唱不出好歌来的。”这下捅了篓子。

随着整风转入反右，我思想上对反右非常反感。后来批判起系主任王中来了。王中先生是副教务长，老革命，有名的新闻学专家，致力于研究新闻改革。他的课我虽然没去听，但当他被定为大右派揪出来时，我认为这样做不对，我开始说公道话，认为王中先生只是研究学术问题，决不是右派。后来写成文章，代表学生界在上海市新闻界批判王中大会上发言，说“王中是研究学术犯了错误，是一个悲剧。”

于是我成了为右派辩护的先锋分子。后来我也交待承认，我说过“陈独秀早期是有功的”（我的毕业论文是“中国共产党早期机关报《向导》研究”）、还说过“农民苦”。但对“猫爪里的夜莺是唱不出好歌来的”，我坚决否认是“恶毒攻击”。

这样，复旦大学新闻系应届毕业生全班 30 个学生，7 个人被打成右派。我们小组 9 个学生，4 个打成右派。

大概党内有不同意见（后来知道政治辅导员居欣如老师就持不同意见），我的右派结论宣布得比较迟，而且档案里没有结论。文化大革命中，西宁市卫生防疫站站长郭中田和姓钱的军代表专门出差到复旦“补”我的右派结论，被新闻系拒绝了。郭中田回来亲口把这件事告诉了我。

我成了右派，分配到青海。1957 年 10 月 19 日乘火车离开上海，21 日上午到西安，23 日下午到兰州。当时兰州到西宁尚无铁路，25日乘汽车从兰州赴西宁。从上海到西宁共走了六天。我当时离别母亲特别伤心，思想成了乱麻，只记得那天早晨在兰州，白茫茫一地严霜，菠菜匍伏在地上，灰头土脸的全蔫了，其余的情景已全部忘却。后来从俞月亭同学的回忆录中抄下了这段西行历程（见《烟消云不散》第50页，俞月亭著，日月出版社2007年12月版）。

我和另一位右派同学在省招待所住了近一个月，最后分配到西宁市卫生科清洁队。

西宁市解放初期城市人口仅5万人。1957年也不繁华，东西一条大街，大十字一个岗亭，清洁队只有十几个工人，两辆汽车，三个司机，十几辆架子车。每天的任务就是清晨用大扫把扫大街，从大十字扫到西门口(约500米)。几个人分段站在大街中央左一把、右一把，把垃圾扫到两侧街沿，然后把街沿边的垃圾扫在一起，铲到垃圾车里。扫完，把垃圾车里的垃圾拉到垃圾站（一般设在居民点的偏僻处），倒成堆。早饭以后，根据地段分工，每人拉着垃圾车把小街小巷设的垃圾箱掏空、扫净，装上垃圾车，也拉到垃圾站倒掉。下午，4个人跟一辆车，把垃圾站的垃圾装上卡车，拉到城郊的垃圾坑里，把车上的垃圾卸掉。

西宁市海拔2660米，春天风沙大，昼夜温差大，冬天天气冷，一般到零下十七、八度，戴了棉手套，手还是麻木的。干活出了汗，又容易感冒。我虽然小时候干过农活，但不会用铁锨。拉着架子车走小巷也拉不好。组长侯顺山把我拉到一边，做示范动作，教我怎么用铁锨，说“你要用巧劲，不能用死力气。”有时候干了一阵子，就把我喊下来休息。所有的工人也都这样照顾我。

那时正是1958年“除四害、讲卫生、大搞爱国卫生运动”时期，垃圾量特别多。马粪满街都是，还得动员农民在马车的马尾部装上粪兜，农民不愿意，更不习惯，看见我们，点头说是，过后又照旧让马粪抛洒一地。

除四害也增加了工作量。城区各居委会捕的老鼠、麻雀都要计数上报，死鼠死雀集中送到市政府大院。我和两个工人被派去埋死鼠死雀。市政府大院在南门外，有一条水渠穿流而过。我们在水渠边上用两个大汽油桶把水煮开，然后倒入死鼠死雀，一阵恶臭冲天而起。煮沸以后，拉到附近荒地挖深坑埋掉。

除了扫街以外，有一次派我在二层楼的外墙上写“高举毛泽东思想伟大红旗乘胜前进”的大标语，由于爬得高，字又大，工具差，写了半个月左右。清洁队有两部垃圾车是波兰产的CTP牌汽车，钢板经常断，发动机毛病也多。有一位老师傅带着两名助手专门负责修车，车库里放着大量汽车零件，凡进货一次，都派我去登记造册，什么凡尔呀、活塞呀、机油呀，都说我弄得明白写得清楚。但我后来知道，这些“轻活”都是侯组长有意安排的。

1959年10月，中华人民共和国成立10周年，全国大赦，给一批右派摘帽，我是其中之一。

扫了两年街道，最后把我留在市卫生局爱委会办公室，帮助检查爱国卫生和做卫生宣传工作，经常写爱国卫生运动简报。逢到干干净净过“五一”、干干净净过“十一”，召开省垣爱国卫生运动动员大会，就要发通知，查卫生，给领导干部起草动员报告。市爱委会和市卫生局只有两间办公室，一间会计室，一间库房，连两位局长在内，共9个干部。1959年起，大饥荒开始到来。我白天工作，晚上负责用电话给中央卫生部报告“四病”疫情，即浮肿、消瘦、小儿营养不良、妇女子宫脱垂等四种病的发病数。当时西宁市管“四区”（城东区、城中区、城西区、通海区）“四县”（湟中县、互助县、平安县、大通县）。县里的发病数不断增加，每天晚上向市卫生局汇报。市卫生局不报省卫生厅，而是直接报卫生部。

1960年11月底，卫生局派到湟中县上五庄公社的医疗队急需葡萄糖和急救药品。局长调了两辆清洁公司（原清洁队）的汽车送药，并让我参加护送，连夜送到上五庄公社拉布藏大队医疗点。临行前，西宁市委副书记张永丰（山西人）来到卫生局，专门作了交待：“你们到了以后，就不许再死人！”

我们到拉布藏已经是晚上，立即听取了医疗队队长陆燕大夫（西宁市第二人民医院妇产科主任，苏州医学院毕业）的汇报，郑重传达了张永丰副书记“不许再死人”的指示。当时临时病房里全是浮肿、消瘦病人。陆燕听了以后，嘟囔了一句：“恐怕有几个人晚上过不去。”这话是说给我听的，那时候公开说办不到是不行的。她说完就马上处理病人去了。

第二天上午，陆燕报告死亡19人。天寒地冻，洋镐在地上一砸一个白点，没有人有力气抬死人和埋死人。陆燕领我去查了病房，看见有的死尸撂在门外。

我问大队书记：“队里还有没有粮食？”书记说：“仓库里只有种子。开春就要播种，吃了咋办？”

我立即骑上一辆东德产的自行车直奔附近的拉尔宁大队，向驻队的市委工作组组长王大一（市委宣传部长）汇报。王大一说：“回去给书记讲，把种子分了，交待群众一定要细水长流。”我得到这样的指示，好象得了令箭，立了大功一样，骑上自行车回头就走。天色灰蒙蒙的，下着霏霏小雪，崎岖的山路又窄又硬，自行车直跳蹦。去的时候，是半推半骑地走上去的，回来时急急飞奔，下坡时脚刹车根本不灵，我一口气冲回拉布藏，把这个指示传达给了大队书记。

回到西宁，我如实作了汇报。局长又向张书记作了汇报。

为了回忆这段历史，我多年来一直打听陆燕大夫的下落，据说她退休以后回了南方，但联系不上。小时候，姑母告诫我，“好记性不如烂笔头”。学了新闻专业，更把真实性看作生命，看作自己的人格，生怕自己的记忆有误。一夜死亡 19 人一事，是陆燕郑重汇报的，是我又汇报给王大一部长和市卫生局的。根据后来纠正“一平二调”共产风的总结材料，西宁市湟中县那时的非正常死亡人数十分惊人。可惜我当时未敢做笔记。我亲眼见到的局部情况，必须核实。2007 年 6 月 12 日，我去上海找到陆燕，她除了一条腿不太灵便以外，身体健康，头脑清楚，我向她说起那段经历，她说：“那死的人太多了，我只顾抢救，忙得要命，那一晚上的事情，我一点也记不起来了。”

1958、1959 年那段时间，中央落实中医政策。卫生部把《内经语译》、《伤寒论语译》、《金匮要略语译》等中医经典著作直接寄到各地卫生局。这些书放在卫生局办公桌上，谁都不看。我对局长说：“这些中医古书，我要看。”局长说：“你拿去看吧！”于是我开始学习中医经典。摘帽以后，我很想归队，干我的新闻专业，但反右倾、抓阶级斗争，形势仍然很紧。后来我对卫生防疫有了认识，加上我1961年春结了婚，妻子是北京医学院卫生系毕业生，传染病防治是她的专长，我里里外外都学了不少传染病知识，加上搞学校卫生，推行眼保健操，讲经络穴位，一下子把中医知识用了起来。我依次读了苏联编的卫生学、北医的大学讲义和当时陆续出版的医学院校教材。我对市防疫站站长说，“我决心改行搞卫生防疫了，干一行，钻一行，但需要补两门课，这两门课很难自修，一门是生理学，一门是生物化学。我想一边工作，一边到青海医学院旁听，保证不耽误工作”（解剖学我是在青海卫校龙老师那里补的）。站长叫许春利，南京人，他觉得我讲得有道理，就同意了。可惜只学了三个月，文化大革命开始了。许站长因重用“右派”被揪了出来，我的学习也就此中断。

在防疫站工作了几年，对传染病诊治已略有经验。比如有一次市二院报告了一例流脑，把病儿转到了青海医学院附院。我赶到附院追访，说病人已经走了。病儿来自马坊公社马坊大队，离城区7公里，是她母亲抱着乘公共汽车回去的，刚到家，我骑着自行车也赶到了。

病儿母亲拿了化验室抽取的脑积液，以为这就是药，回来准备给孩子服用。我立即投服了磺胺嘧啶，且留下三日量，还给周边儿童发了预防药，随后回站作了汇报。我爱人知道以后对我说，流脑的一个主要症状是呕吐，光是口服磺胺是不保险的，必须注射青霉素。于是我带上青霉素，连夜赶回马坊大队。第二天孩子病情稳定，周边未见继发病例，我才回家。这种处理传染病的经历，是最好的实践锻炼。1968 年防疫站斗批改，砸烂修正主义防疫站，改成西宁市新医疗法门诊部。我因为自学中医，又搞眼保健操，懂得经络和针灸，在下乡时给病人扎过针，新医疗法一来，我立即应手。刚好青海造纸厂一位工人的 3 岁男孩得了小儿麻痹，不会走路，我给他扎了三次针，孩子就站了起来，在乒乓桌上“表演”走路了。这一个偶然取得的疗效，增加了我从医的信心。

接下来就是贯彻“六、二六”指示，把医疗卫生工作的重点放到农村去。我爱人在 1962 年生活困难时期受了精神刺激得了甲亢，文革初期造反派把大字报贴到我家门上，引起她甲亢大发作，口服他巴唑无效，不得不作甲状腺切除手术。作为右派家属，人民医院有造反派干扰，只得托一位熟人在某部队医院请一位军医主刀。这位军医缺乏经验，把甲状腺切除过多，继发甲状腺机能减退症，发生全身粘液性水肿，只能用甲状腺素片维持体内甲状腺水平。鉴于爱人身体不好，还有一个女儿刚上小学，我主动提出让我下放去农村。

西宁市卫生局以“针灸医师”职称把我分配到西宁市西郊大堡子卫生院。卫生院院长王生（山西文水人）是我在防疫站时的老领导，他非常了解和同情我，允许我“埋头业务，不管杂事”。当时城里下放一批高水平的医生为赤脚医生讲课，我既是学习班的组织者，又是一个老实听课的学生，后来又连续组织和参加了“西宁市西医离职学习中医班”、“西宁市基础内科进修班”、“青海省中草药学习班”。我一边做中医和针灸临床，一边负责全公社 14 个大队合作医疗站的组建工作，每周日都和乡村医生一起讨论学习，领着大家做中草药资源调查，后来又应青海高原生物研究所副所长郭本兆先生（全国著名禾本科专家）之邀参加全省植物资源普查，历时三个夏季，跑遍了青海全境，采集中藏药标本 1082 号，累计 5000 多份。最后 5 份标本的采集记录，是郭本兆先生帮我登记的。由于他的教导，我增加了植物分类学的知识。1976 年到 1977 年，大堡子卫生院分别与青海医学院附属医院和西宁市第二人民医院合作，对大堡子公社 14000 余人做了冠心病和肺心病的流行病学调查，我代表卫生院参与调查，进一步提高了我的西医诊断水平。刚下乡时，我开的中医处方非常拘谨，剂量严格按照书本，后来病人告诉我，“你的药忍剂剂太小，我把两付药放在一起，才得济了。”

正当我一心一意搞临床的时候，青海省卫生厅要调我到省中西医结合办公室工作。当时不仅我本人不愿意，西宁郊区也坚决不放。省卫生厅人事处岳世淑同志说，“你们不同意正式调的话，省卫生厅先办一个借调手续吧!”并当场在原公函背面写了借调字据，西宁郊区卫生科终于同意借调。

1978年11月底，我到省卫生厅报到，卫生厅医政处处长班玛旦增接待了我。正是这位班玛旦增处长，三个月前曾让我陪他到青海湖边倒淌河公社甲乙大队藏医尼玛那里下过一次乡。这时他坐在办公桌前，对我说：“国家对中医工作非常重视，最近下达了56号文件，每个省都要派人去北京汇报文件落实情况，这里由孙家驥（省卫生厅医政处干部，后任处长）写的一份调查报告，汇报的主要内容都在里头。你到北京以后一定要说，青海除了中医以外，还有藏医。”同时问我有什么困难，我说，我想多留一天看看北京，他同意了。（几年以后这位处长当了副厅长、厅长、副省长、省政协副主席）。

于是我就第一次代表青海省卫生厅到北京八大处装甲兵招待所参加《中共中央关于认真贯彻党的中医政

策，解决中医队伍后继乏人问题的报告》即（78）56号文件的落实情况汇报会。

三、调入北京

1978年12月4日，我来到北京苹果园车站，问一位路人，“八大处装甲兵招待所怎么走?”那人说，“我也是去那里，你是一起去开会的吧?”这人正是浙江省卫生厅中医处处长于诗俊，山东人，军人出身的老资格卫生干部。

这个会议的全称是“全国中医处长座谈会”。出席会议的大都是各省卫生厅中医处处长和部分卫生厅副厅长，还有一些著名中医、中西医结合专家。他们都是文革以后“官复原职”的老干部，都有工作经验，我杂在其中，真是一个小小角色。我根据班玛旦增的指示和孙家骥的调查报告写了发言稿。各地的汇报都很精彩，一个共同的声音是落实（78）56号文件的进展并不顺利，阻力很大，一些卫生厅局的领导认为“国家要四个现代化，恢复中医太困难又顾不上”。

青海省的汇报排在后面几位，轮到我汇报的时候，开始有些紧张，但因为文稿是自己写的，就一口气念了下来。

晚饭以后，卫生部中医司的领导挨门探望各省代表，我和湖南省中医处处长李春杰住在一起。胡熙明副司长问我，“你是青海人吗?”我说“不是，江苏人。”“你在哪儿上的大学?”我说，“我没有上过大学。”“你怎么学的中医?”我说“我是自学的。”

会议结束时候，宣布请几个代表起草会议简报，把我也留了下来，同时还有成都中医学院教务长侯占元，重庆市中医药研究所副所长黄星垣，福建省卫生厅副厅长黄春源等，都到六铺炕健康报社集中，商讨起草简报事宜。次日起草完毕，我便要告辞。胡熙明同志说，“没关系，不着急，你乘飞机回去!”我说：“我没有资格乘飞机的。”他问“为什么?”“我是借调来的。”胡熙明同志和蔼地说：“那也没关系，我来给青海省卫生厅打招呼!”

一晃数年。此后我参加了卫生部中医司的各种全国性工作会议，参加了1980年在北京蒋宅口交通部招待所召开的全国中医中西医结合工作会议，1982年在湖南衡阳召开的全国中医医院和高等中医教育工作会议（衡阳会议）。1983年－1984年间，筹备并参加在呼和浩特召开的第一届全国民族医药工作会议。当时全国中医工作的一些重要会议基本上都参加了，我也由青海省卫生厅中医处处长升为卫生厅副厅长。卫生部中医司开会的时候，经常让我担任西北组召集人。

1986年春季，中共青海省委组织部派一位女干部到青海省卫生厅找我，征求我的意见，问我愿意不愿意到省政府办公厅工作，那里缺一位副秘书长。我说，“这几年我参加了卫生部中医司的各种会议，参与了中医工作的一系列重大决策，我已经进了卫生部门，不想再挪动了。”这位女干部点了点头。我印象里她端庄而又谦和，可惜记不得她的名字了。

1986年8月，卫生部崔月犁部长到青海视察，他从兰州乘汽车过来，我代表青海省卫生厅到循化县迎候。他来了以后，就让卫生部民族战备处处长于骏光给了我一个任务，说崔部长青海之行结束以后，要到新疆主持召开全国结核病防治工作会议，你帮他起草一个讲话稿。于骏光同志跟我比较熟悉，多年来的卫生防疫工作经历和卫生厅副厅长工作岗位，使我对结核病的复燃和防治任务有所了解，所以满口答应下来，而且连夜起草，第二天就交了卷。崔部长看完，在上面批了四个字：“写得很好。”当时中央国务院很少有部长到青海，卫生部的干部也很少到青海，省卫生厅把崔部长的视察视为大事。除了汇报工作以外，也谈了不少困难和问题。例如文革期间，把大批医生下放，城市医院的医疗质量下降，科室的业务班子被拆散，一些干部刚回来，现在又号召派医疗队下去，使医疗秩序产生新的动荡。

崔部长听了以后，说“一定要稳定卫生队伍。基层的卫生建设，要作长远考虑。”此前不久，胡耀邦同志刚视察了青海。崔部长说，“我回去给耀邦同志打个招呼。”

除此之外，崔部长单独约我谈了一次话，问了我的经历和家庭状况。晚饭以后，他和秘书李三平到我家访问，和我爱人聊了一回，李三平一一录了像。

又过了一天，崔部长给正在兰州出差的卫生部人事司司长赵竹岩同志打电话，叫他立即带几张干部履历表来西宁。

我填了履历表。

1986年11月我到国家中医管理局报到。12月20日国家中医管理局正式办公。1987年春国务院任命我为国家中医管理局副局长。

后来我知道崔月犁部长青海之行的任务之一，就是考察干部。

可是，京官难当。我这样一个“外行出身”的人参与领导中医药工作的京官更难当。我这样一个没有靠山、从基层调上来的京官尤其难当。中医工作本身就不好做，既要坚持继承发展中医，又得和整个大卫生协调发展，搞好关系。贫贱夫妻百事哀，内部摩擦是免不了的。事实上中医工作难，卫生工作也不容易，涉及人事，又存在用人标准和用人体制问题。1988年和1989

年，我奉命创办《中国中医药报》。当时正好给一批业务干部评技术职称，有人认为我参评“高级编辑”最合适，潜台词是你还不算中医队伍的人！你有资格站在中医药领导岗位上吗？我给老局长田景福说：“别为难了，考一考吧！”田局长说：“没关系，没关系，领导会考虑的。”

不久，宣布我的技术职称为“主任医师”。

我坚信，一个管理干部必须干一行，学一行，爱一行。不懂业务的空头政治家终究是站不住的，我必须把全部业余时间放在学习上，我必须比别人学得更多。小时候母亲对我说，“吃得苦中苦，方为人上人。”我体会只有刻苦学习掌握中医知识才有驾驭中医事业的本钱，才不至于瞎指挥。我母亲还说：“大上海，做女人难，袁雪芬唱越剧唱红了，有人经常找她唱堂会、吃酒席。袁雪芬说，‘我吃素，不能去。’”我母亲说，“一个女人没有守不住的门，只看她有没有志气。你没有能力请人家吃饭，就不要去吃人家的饭”。这些至理名言我到现在都没敢忘记。

由于我青少年时代忙于读书，毕业以后艰苦劳动，改行以后埋头工作，我一直在抓紧时间充电和补课。于是决定了我忙碌一生、苦斗一生，无形中疏远了朋友、老师、领导、亲戚，更疏远了父母儿女，其实我心里没有忘记他们，没有忘记他们！现在，终于到了回忆“医林朝暮”的时候，也到了整理《梦边吟诗稿》的时候了。

《梦边吟诗稿》皆随遇而作，“毕业前夕”那两首不合格律的词，反映了1957年上半年一个青年学子的朝气和远望。特别是1957年5月9日发表的《心之歌》：像一座活火山，贮藏的岩浆欲迸/像无边的汪洋，奔腾着狂澜万顷/啊！这就是我的胸膛，心脏跳跃的地方/像一颗春天的种子，承受着煦日和风/像一根紧张的琴弦，经不起手指轻弄/啊！这就是我的心脏，歌儿飞翔的天空。

这是一颗多么美好的心脏啊！这是一支多么好听的心之歌啊！

我现在还感受到，反右派斗争好像一只巨大的手，把一颗年轻的、鲜活的、激烈跳动的心脏紧紧掐住，直至死亡。他死了，他快死了，他慢慢地苏醒过来，终于心脏又跳动起来，直到现在还跳动着，像年轻人一样跳动着，因为他爱他的祖国。为了祖国，他忍受了一切，宽容了一切。

（2008年7月8日）

附录：对民族医药的那份责任和亲情

——访中国民族医药学会会长诸国本

□中国中医药报记者　张东风

1958 年大年初一，青海高原天寒地冻，诸国本徒步 5 个小时，从西宁走到位于湟中县的塔尔寺，第一次领略了藏文化的风采。1970 年 7 月，当时他是西宁市大堡子卫生院的一名医生，去黄南藏族自治州参加青海省中草药学习班，在那里结识了在西北高原生物研究所任副所长的全国著名植物学家郭本兆先生。此后连续三个夏季，郭先生都把他从卫生院“借”出来，参加全省植物资源普查。有一次在长江上游通天河边的称多县，采集了独一味、异叶青兰、水母雪莲等十几种草药标本。诸国本当着郭先生的面，喟然叹道：“可惜这些草药都没有载入本草啊！”郭先生说：“藏医本草里都有的。”诸国本后来回忆道：“郭先生讲话的声音从来很平很轻，但他这句话像霹雳一样把我震了一下。他向我指示了藏医学的深宅大院，也让我足足谦虚了一辈子。”

1997 年，诸国本从国家中医药管理局副局长的岗位上退下来，接着担任中国民族医药学会会长。但他与民族医药的缘分，则是从上世纪50年代在青海工作期间就开始了。

日前，在记者采访诸会长时，他拿出近两年写的两本书《中国民族医药散论》和《医林朝暮》。他说，我近10年来对中医和民族医方面的议论，全部在这里面了。

民族医学与中医学是姐妹

《中华人民共和国宪法》规定："国家发展医疗卫生事业，发展现代医药和我国传统医药。"

那么，我国的传统医药包括哪些内容呢？

诸国本认为，中国的传统医药非常丰富。它由三部分组成：一是中医学。它是以汉文化为背景的中国社会长期以来的主流医学，是中国传统医学的当然代表，至今仍有其无可争议的学术地位和社会地位。其次是民族医学，即各少数民族的传统医学。在55个少数民族中，目前发掘整理较有成效的约有20多种，另有22个人口较少的少数民族，它们的传统医药大部分尚未发掘整理。第三是民间医学，即既无特定的民族文化背景、也不属于中医学学术体系的草医草药和一技之长，如陕西太白山的"七药"等。

过去很多人把民族医学看作是中医学的一部分，认为它们是中医学的某个分支。诸国本说，民族医学和中医学同属传统医学，它们都带有游牧民族或农耕社会的胎记，在天人相应、宏观整体、寓象表意和利用自然药物方面确有很多相似、交汇和沟通之处，但两者有根本性的区别，即民族文化背景不同、医学体系不同和医技方药不同。这些基本区别还因各个民族医学的具体特点而更有显著性差异。所以说中医学和民族医学在学术上是平等相待的姐妹，在工作上是合作共事的伙伴，在政策上是患难与共的同仁。

诸国本特别提到，自从十一届三中全会以来，国家在贯彻“中西医并重”方针的同时，对民族医药的继承发展出台了一系列政策，简而言之，就是对民族医药要“高度重视”、“大力扶持”、“切实加强”和“充分发挥”。在当前形势下，中央政策的大力扶持和部门法规的严重封堵的现象正在逐步改变，大力扶持民族医药正在从政策高度的共识变成中医药管理部门的规划措施。

“两个医药宝库”论

诸国本常说，中医学是一个伟大的宝库，民族医学也是一个伟大的宝库。这就是我的“两个宝库”论。这实质上是中华民族文化“多元一体格局”的反映。

他对记者说，民族医药是我国少数民族的传统医药，是中华民族传统医药的组成部分。从理论上讲，每个民族在历史上都有自己的传统文化，都有自己的医药创造和医药积累，为本民族的生存繁衍做出过贡献。但迄今为止，民族医药资源的现实存量是不平衡的，大体上可分为两大类：一类是历史上有民族文字的民族，他们有医学文献，因而也有医学理论的梳理和医学体系的形成及表述，有代表性的医学经典著作。如藏医学、蒙医学、维吾尔医学、傣医学以及彝、朝、哈萨克医学等等。另一类是历史上无文字的民族，他们的传统医药散在民间，是一种不以旁人是否认可为转移的客观存在。近30来，经过发掘整理，用汉文表述了它的医术和草药、理论和实践、现状和历史，是一种具有生命力的、特殊的非物质文化遗产。所有这些口承文化和文传文化在历史价值上是等同的。今天我们用“民族医药”这个词，并不是在20世纪的中国新发现或新创造了一个统一的、无所不包的医学体系，而是各少数民族传统医药汇集在一起的一个总称，是为了便于分类研究和分类管理而赋予的一个学术概括和工作定义。

当然，由于几十年的荒废和边缘化以及其他种种原因，民族医药存在的问题比较多。诸国本曾多次强调，民族医药不是现成的金子，而是富饶的矿山。他认为民族医药的发掘应该经历三种境界：一是“天街小雨润如酥，草色遥看近且无。”，面对似有若无的景象，首先是赶快抢救，实行拿来主义，甚至“拣到篮子便是菜”。二是“千淘万漉虽辛苦，吹尽黄沙始得金”，必须做一番去伪存真，去粗取精的功夫。三是“长安回望绣成堆，山顶千门次第开”。到这个阶段，才可能丰收的果实如山，喜庆的大门洞开。

对民族医药的发掘整理，诸国本主张采取尊重历史、实事求是、满腔热情、深入调查的态度。有则有之，无则无之；多则多之，少则少之。不轻易否定，不随意拔高。继承保护千方百计把根留住，发展创新遵循自主规律不离原旨。他主持中国民族医药学会的工作，认为这是一条非常重要的经验。

“让主角发言”

1983年夏天，诸国本和中国中医研究院（今中国中医科学院）的蔡景峰先生一道参加了第一届全国民族医药工作会议的筹备工作，并参与了会议文件的起草。当时，从全国各民族地区汇总来的民族医药资料非常之多，诸国本如饥似渴地阅读和学习这些材料，眼光大大地扩展了，对民族医药的总体认识也更加清晰而深刻。会后，他在卫生部中医司支持下，先后编集了两册《中国的民族医学》小册子，留下了一批很珍贵的历史资料。

在国家中医药管理局工作期间，一直分管民族医药工作的诸国本十分重视调查研究，跑遍了西藏、内蒙古、新疆、广西、宁夏五个民族自治区，云、贵、甘、青、川五个多民族省，跑遍了30个民族自治州，包括湘西、恩施、延边、黔江、通什等民族地区。每到一地，他总是以虚心请教的态度和民族民间医生亲切交谈。

2006年8月24日，诸国本在云南保山召开的一次全国民族民间医药学术研讨会闭幕式上做总结发言时讲到："我们召开民族民间学术研讨会的目的是什么？是为了让一些论文作者有一个交流的平台吗？是为了提高主办单位、协办单位、承办单位的知名度吗？是为了显示有关医疗、教育、生产单位的成就和政绩吗？是，但不完全是。这些都不是根本的。我们召开民族民间医药学术研讨会的根本目的，是为了尊重少数民族的医药创造，保护民族医药文化，发现民族医药人才，发挥其保护各民族人民健康的作用，为建设中国特色社会主义医药卫生事业寻找中国传统、中国经验和中国模式。"他还针对参加学术会议的民族民间医生不多的现象指出："我想主要是民族医药队伍正在减少，他们生活困难，出来开会没有路费，写论文也困难，文化水平低，病例少，又不懂学术论文书写的程式。怀才不遇，人微言轻，于是造成学术会议上没有高僧，只有香客；没有山水，只有游记；没有被研究者，只有研究者。反过来也说明，在民族医药领域，研究者缺乏临床实践，其成果难免‘隔山买牛’，雾里看花。这种主角缺失的情况，主要是历史造成的，我们必须清醒地看到这一点。”

在民族医药研究中，诸国本经常提醒人们要防止和警惕资本主义初期“文明人”研究野蛮部落的“殖民心态”。他在海南省五指山访问黎族医药期间，曾语重心长地讲过：“我从事中国民族医药研究多年，唯一的信条就是尊重我的老师即当地的民族医药人员，真诚地向他们学习，承认这个知识领域本来是属于他们的。我们只是帮助，不是攫取。我们必须尊重、尊重再尊重。一切掌握现代医学、现代药学的训练有素的研究者们，必须放下架子，不要居高临下，不要自以为是，不要自诩高明而看不起那些‘土得掉渣’的东西。要充分调动现有民族民间医药人员的积极性，这一点至关重要。”

难忘的一幕

诸国本还对记者讲起了曾经令他永远难以忘怀的一幕。那是2005年8月10日，也就是在甘肃省甘南藏族自治州合作市召开2005全国藏医药学术研讨会闭幕那天晚上，诸会长正在房间里约甘南州卫生局周局长谈话，突然闯进来两位藏族姑娘，进门献上哈达后就拜倒在地。诸国本连忙把她们扶了起来，那两位姑娘随即翻开笔记本，朗诵起来：

“我们都是从青藏高原跋涉过来的人，看看眼前的喜玛拉雅，山体多么雄伟而高耸，我们曾站在智慧的高峰俯瞰一切。看看天边的长江黄河，水流多么浩荡而绵长，我们曾吮吸过星宿海的泉水跟着牦牛徜徉。看看脚下的巴塘草原，草甸是多么柔美而广阔，那是格萨尔王宽厚的胸膛。正因为翻过的山太多，趟过的河太深，就没有任何困难可以阻挡我们前进。在继承发展藏医学的土地上，我们会坚韧不拔地耕耘下去。”

两位姑娘朗诵完毕，已泣不成声，嘴里说着：“写得太好了，太美了，您太了解我们了，我们太喜欢了。”

这两位姑娘都是年轻的藏医，一位在合作市卫生防疫站工作，一位在迭部县藏医院工作。

诸国本提起此事，两行热泪潸然而下。

（原载2009年1月19日《中国中医药报》三版）

后　记

从1957年在复旦校刊发表第一首诗到现在，已经过去57年。57年留下160首诗，数量之少，空疏之多，我只能用有则有之，无则无之来解释。好在诗是只讲质量，不讲数量的。问题是这些诗究竟写得如何，读者将作何评价，我自己也缺乏自信。只是觉得，我写的这些东西，别人是很少写的，也许有一点保留的价值。正像高山采雪莲，爬得很辛苦，诗也不一定好，但雪莲是美丽的。我对江南故乡和第二故乡青海的怀念，有一种强烈的知恩图报的心情。我对中医药和民族医药的热爱，是基于对中国传统文化的深切理解，也是对文化多样性的自觉尊重。从侧面看，这些诗当然也反映了生活的某些真实，但基本上属于历史边缘的野花闲草。回首1957年的小诗，看看后来的篇什，从“二十年磨剑”到“野草枯荣根相连”，从风华少年到曾经沧海，真叫人吓了一跳，也令人不堪回首。诗命多舛。不堪回首也可能就是难以忘怀。《梦边吟》这个书名，既不是明确的主题，还多少有一点冬烘的味道。既然是历史的邂逅，就留下一点朦胧中的边缘、边缘中的朦胧吧。

我要感谢我的老同学俞月亭，上个世纪60年代初，他在青海日报任“江河源”副刊编辑时，发表了我的“词四首”。在那时的气候条件下，不计较作者的身份，发表这样的东西是有风险的。

我要感谢我在复旦大学读书时的居欣如老师，她把我的两首诗推荐给了解放日报“朝花”副刊，且一直为诗稿的出版操心。

我要感谢我的低年级同学赵凯，他把我在2005年9月写的一首小诗给复旦校刊发表了，这使我经常有一种回到母校的感觉。

我要感谢我的患难之交朱乃正。1958年，朱乃正从中央美术学院毕业，1959年分配至青海。他不仅擅长油画、水粉画、水墨画，而且是油画界难得的书法家。我非常欣赏他青年时代的行书，1976年，他为我抄写了“南山”一诗。1980年他调回北京中央美院任教，1987年任中央美院副院长，业务工作和行政事务十分繁忙。2007年冬，他突然给我寄来一封信，内附他抄录我写的悼念两位老藏医的两首诗，他的书法已由中正圆通、舒展灵动变得苍劲奇崛、自成一格的“朱体”。如今我把他的手迹附在诗后，为这本诗稿增光添彩。乃正已于 2013 年 7 月逝世，我只能以此表示最深切的悼念。

我要感谢我的一位朋友冯静芳女士，她把我的部分诗稿朗诵以后，制成碟片；并把全部诗稿整理成书。

我还要感谢责任编辑伊广谦先生，他是一位著名的中医专家，也是一位资深的中医药和民族医药编辑，更是中医队伍中少有的杂家。他始终关心草根文化，近 20 年来编辑出版了不少民族民间医药书籍。感谢他对我的诗稿的偏爱和信任。这是世俗社会中一份难得的友情，值得我倍加珍惜。

所有这些，都使我大大地增加了出版这本诗稿的信心。

最后还要感谢谁呢？我这一辈子要感谢的人太多了。最后，感谢生活吧！不管是坎坷还是幸福，生活像太阳和月亮一样陪伴着我。在我的诗里可以看到我的影子，好像在湖边照见自己的影子一样。湖水一动，影子也变幻了。

（2014 年 5 月 6 日）